L'Inde sans Gandhi

De Hey Ram à Ram Rajya - Comprendre ce qui fait de ce mirage une nation miraculeuse avec Vatan, Vardi, Zameer

Translated to French from the English version of India without Gandhi

Mitrajit Biswas

Ukiyoto Publishing

Tous les droits d'édition mondiaux sont détenus par

Ukiyoto Publishing

Publié en 2024

Contenu Copyright © Mitrajit Biswas

ISBN 9789364944250

Tous droits réservés.

Aucune partie de cette publication ne peut être reproduite, transmise ou stockée dans un système de recherche documentaire, sous quelque forme que ce soit et par quelque moyen que ce soit, électronique, mécanique, photocopie, enregistrement ou autre, sans l'autorisation préalable de l'éditeur.

Les droits moraux de l'auteur ont été revendiqués.

Ce livre est vendu à la condition qu'il ne soit pas prêté, revendu, loué ou diffusé de quelque manière que ce soit, à titre commercial ou autre, sans l'accord préalable de l'éditeur, sous une forme de reliure ou de couverture autre que celle dans laquelle il est publié.

www.ukiyoto.com

Alexandre dit à son général Seleucus Nicator, le premier étranger connu à être présent dans le sous-continent pour l'expansion de son empire : "*Vraiment Seleucus, c'est un pays si étrange*".

Extrait de la pièce historique Chandragupta (1911) de Dwijendralal Ray

Contenu

Partie 1 : Une société féodale et la construction d'une nation   1

Un voyage sur le chemin de la mémoire   2

Une confluence de deux idées fusionnées avec deux couleurs différentes.   6

De Jinnah à Gandhi en passant par Tilak, Golwalkar et Savarkar, le pont entre l'identité hindoue, le Jan Sangh, le RSS et le Ram Rajya - partie 1.   10

De Jinnah à Gandhi en passant par Tilak, Golwalkar et Savarkar, le pont entre l'identité hindoue, Jan Sangh, RSS et Ram Rajya - partie 2.   15

Les économies de la politique indienne aux niveaux local, régional et national : Politico Economus   21

Entendez-vous India ou Bharat ?   25

Partie 2 : Créer des récits et fixer des repères sociétaux.   29

Changer la façon dont l'histoire est racontée ; peu importe pour qui ou pour qui ?   30

L'impact de la communication sur la société à une époque en mutation   33

Au milieu d'Hitler et de Staline : au-delà de Trump et de Poutine pour une nouvelle Inde   36

Soyez le changement, balayez l'ancien et faites place au nouveau : Nous sommes-nous écartés des rêves de ceux qui ont versé leur sang pour notre liberté et notre autonomie ?   40

L'économie gandhienne, du paysan au pays nouvellement industrialisé et au raj milliardaire   43

L'I.P.L. (Indian Political League) de l'Inde de Hey Ram à Ram Rajya   47

Partie 3 : Le puzzle et l'énigme de l'Inde, où le passé rencontre le présent dans l'espoir d'un avenir meilleur.   50

Mythologie, légendes et dilemme sociopolitique indien   51

L'Inde, une terre à prouver Vini, Vidi, Vici ? La chasse à la gloire sportive et culturelle.   54

Ek Bharat, Shrestha Bharat : One Nation-One Election au Code civil uniforme, le concept de "diversité dans l'unité" de l'Inde est-il en train d'être simplifié ? 57

Partie 4 : La danse de la démocratie? 61

Les médias, quatrième pilier, ou comment être le porte-fouet du cirque dans une démocratie apparemment kangourou : Sécurité alimentaire, démocratie ou liberté des médias : pourquoi glissons-nous vers le bas ? 62

Le népotisme fait trembler certains, le talent ou la méritocratie plus tard, alors où est la démocratie en Inde ? 65

Le miracle de la gestion de la nation d'un pays puzzle 68

Avec plus de 1,4 milliard d'habitants, la taille est importante ! La qualité ne l'est pas tant que ça ? Comment décoder l'énigme des 3P+C (pauvreté, pollution, population et corruption) pour une croissance et un développement égalitaires ? 71

Nous avons atteint l'espace depuis le pays des vaches grâce à la bravoure de quelques-uns et où allons-nous maintenant dans le monde technocratique ? 74

Nous voulons être une nation de jeunes entrepreneurs, mais en faisons-nous assez pour eux ? 77

Roti, kapda, makaan (nourriture, vêtements, logement) avec la santé et l'éducation universelles, toujours derrière Dharam, Jati et Deshbhakti (religion, caste et nationalisme) pour Watan, Vardi et Zameer (nation, uniforme et conscience). 81

Conclusion 84

Partie 1 : Une société féodale et la construction d'une nation

Un voyage sur le chemin de la mémoire

Commençons par quelques souvenirs personnels. J'ai rencontré quelques amis et invités étrangers au fil des ans. Certains ont mentionné des affirmations telles que "tous les Indiens sont-ils aussi petits que vous ? Certains m'ont demandé pourquoi nous ne parlons pas indien et comment il se fait qu'il y ait autant de cultures différentes ici. Ce fait a été véritablement apprécié par d'autres amis en dehors de l'Inde. De nombreux livres ont été écrits sur l'Inde, sont en cours d'écriture et le seront également à l'avenir. La nature du pays de l'Inde, qui fait encore aujourd'hui l'objet de débats autour de ses autres noms, a surtout connu des changements que seuls certains peuvent définir, comprendre et analyser. Je peux honnêtement admettre que je ne suis capable ni de l'un ni de l'autre. Cependant, l'idée de comprendre l'Inde dépasse l'entendement si l'on se place du point de vue unifié de l'Occident. L'Inde a toujours été présente dans la conscience [1], ce qui a été illustré par les chercheurs dans de nombreux ouvrages. Cependant, les nuances de la diversité culturelle ont toujours été une question que l'on peut appréhender sous différents angles, mais qui peut ne pas donner une image complète de la culture. La question de l'Inde, qui n'est pas considérée comme une seule nation, est maintenant bien démentie, car il s'agit d'une invention coloniale. L'élément d'une frontière bien ou mal définie après la partition, un hymne national composé par *Rabindranath Tagore* qui a eu sa part de controverse parce qu'il a été écrit pour la visite du *roi George V* [2] une revendication qui ne peut être établie avec certitude, un drapeau national qui a changé de dessin avant d'être accepté dans sa forme actuelle. Cependant, l'idée de l'Inde a déjà été abordée par de nombreuses personnes sur la façon dont elle a été, sur ce qu'elle a été, mais surtout sur ce qu'elle peut être. Oui, l'idée d'une nation post-coloniale est évoquée en Inde, mais si l'on retrace les origines de l'Inde, tout remonte à l'époque du Gondwana,

---

[1] Jawaharlal Nehru, 1946, The Discovery of India, p. 37, Oxford.
[2] L'hymne national indien fait-il l'éloge des Britanniques ? - BBC News

le supercontinent qui a donné naissance au sous-continent indien. Le sous-continent peut aujourd'hui être traversé par des différences religieuses, des distinctions culturelles, une diversité linguistique et des considérations ethniques, mais certaines choses le lient, à savoir les liens politiques qui se sont tissés au fil des siècles jusqu'à aujourd'hui et qui pourraient bien perdurer à l'avenir. L'idée d'examiner les idéologies alambiquées du sous-continent aujourd'hui peut être retracée jusqu'aux racines, là où tout a commencé. Si l'Inde a suivi le stade de l'évolution jusqu'à l'arrivée de l'Homo Sapiens, après quelques années, elle a évolué du stade de la pierre à celui du fer, qui a ensuite donné naissance à la connaissance et à la civilisation. C'est un fait bien documenté que la société politique a été un sous-produit des évolutions antérieures de la société. Le débat sur l'antériorité de la vallée de l'Indus par rapport à la civilisation dravidienne revient de temps à autre[3]. Mais passons maintenant aux quadrants de la société politique indienne d'aujourd'hui et à la manière dont elle a été façonnée par le passé, dont elle évolue aujourd'hui, mais dont on ne sait jamais ce que l'on peut attendre de l'avenir. C'est dans cette optique que l'Inde moderne a des liens importants avec le passé et pourrait être celle de l'avenir. Le système politique indien est aujourd'hui un système hérité du féodalisme et du colonialisme. Si nous examinons les origines de la politique indienne, nous constatons qu'elle n'a jamais été linéaire, comme c'est le cas dans de nombreux autres pays. L'idée d'une politique indienne est apparue dès le début de la civilisation de la vallée de l'Indus et de la civilisation dravidienne. Chacun sait que l'origine de la pensée politique indienne, sous forme de recueils, doit être attribuée à Chanakya Kautilya et à son ouvrage connu sous le nom d'Artha shastra. [4]Tous les systèmes politiques de tous les pays ont toujours dû être construits autour de la société, de même que la société construit la politique. Les huit grands EMPIRES d'origine indienne, même si ce n'est pas au sens strict, à savoir les *Mauryas, les Guptas, les Cholas, le sultanat de Delhi, les Maruthas, les Rajputs, l'empire Vijayanagar et les Moghols*, ont été façonnés et balayés par les ouvertures coloniales desAnglais ([5]). Ici, je peux être arrêté et

---

[3] *Ancestral Dravidian languages in Indus Civilization : ultraconserved Dravidian tooth-word reveals deep linguistic ancestry and supports genetics* | Humanities and Social Sciences Communications (nature.com)

[4] *Project MUSE - Arthasastra de Kautilya sur la guerre et la diplomatie dans l'Inde ancienne (jhu.edu)*
[5] *Les cinq plus grands empires indiens de tous les temps* | The National Interest

rectifié parce que les Rajputs et le Sultanat de Delhi n'étaient pas un empire continu et uni, mais ils avaient en commun, dans une mesure plus ou moins grande, d'avoir des coups d'État, des assassinats silencieux, et avaient continué à être des empires dynastiques au sens large avec un système féodal. Le roi ou l'empereur à la tête du pouvoir, qui avait des vassaux féodaux pour surveiller les territoires, était le système qui n'a pas connu de grands changements jusqu'à ce que la forme occidentale du système politique arrive en Inde. L'idée d'une pensée politique européenne a été la cerise sur le gâteau dans les dernières étapes du développement politique. Cependant, je ne veux pas gaspiller des mots sur des choses qui sont déjà bien connues. La vraie question est de savoir comment le système politique indien d'aujourd'hui est devenu l'hybride d'une démocratie basée sur le féodalisme. L'idée du féodalisme a déjà été mentionnée. Il s'agit d'un phénomène mondial qui a été utilisé pour le fonctionnement des plus grands empires ou dynasties de l'Inde. L'important ouvrage *de Jared Diamond* "**Guns, Germs and Steel**" souligne l'importance de la révolution industrielle de l'Occident et ses immenses implications sur la société occidentale, en particulier la suppression du système féodal, bien que la monarchie ait subsisté, et un nouveau sens de la démocratie a véritablement commencé à se répandre dans le monde occidental. Le pouvoir du peuple était étroitement lié à la société basée sur le capitalisme qui, bien que profitant à l'élite industrielle, a également ouvert les masses à une nouvelle vague de possibilités d'entrepreneuriat et de sens des affaires. Par conséquent, le livre susmentionné a bien mis en évidence l'importance de l'innovation scientifique et technologique à grande échelle, dans un bond en avant qui a également affecté les fondements politiques de la société. On ne peut jamais oublier cette idée du monde entier d'un changement de paradigme qui a fait sauter le traditionnel conseil des ministres choisis et non élus ou le modèle hiérarchique du féodalisme qui a été mis à mort. En Inde, cependant, il y avait un mélange de tant de systèmes différents qu'il est impossible de commencer à délimiter clairement le système indigène et le système occidental dans des cases étroites. Il s'agit plutôt de la fusion des deux processus de pensée, à l'instar des eaux d'un fleuve qui, malgré leur fusion, conservent des couleurs différentes pour maintenir leur propre identité. L'Inde croyait en sa civilisation séculaire qui émergeait et se développait dans le nord et le sud de l'Inde, ainsi qu'à l'est et à l'ouest, et qui a fait de cette nation ce qu'elle est aujourd'hui. Elle a saigné et a été blessée, mais c'est peut-être la qualité merveilleuse de cette nation, qui n'a jamais diminué, qui a permis à cette nation vulnérable de rester en vie et de marquer sa place.

Une confluence de deux idées fusionnées avec deux couleurs différentes.

Il est bien établi que le système politique indien est un héritage du système colonial et féodal. Les récentes modifications apportées au code pénal indien, qui est censé s'inspirer du système irlandais, ont été modifiées après plus de 150 ans. Toutefois, il s'agit d'un changement cosmétique, car les sections ont été transférées de la section précédente à d'autres sections dans le nouvel arrangement. Même le système policier, dans sa forme actuelle, est un rappel brutal du système colonial et féodal hybride qui répond toujours à la hiérarchie basée sur les castes dans un contexte plus large. Pour en revenir au système politique, la plus grande démocratie du monde, l'Inde, souffre toujours de la question de la représentation et du fonctionnement du mécanisme de vote, qui est le point de départ et d'arrivée de notre démocratie. Permettez-moi de revenir à la question des médias, qui sont censés critiquer le système politique et être un miroir de la société, comme c'est le cas dans de nombreuses autres nations, et qui, en Inde aussi, ont failli à leur tâche. Ainsi, la question de la politique s'apparente davantage au style d'auto-gouvernance des zamindars à l'époque moderne, où les bulletins de vote sont devenus la nouvelle norme d'influence. Le système électoral dans les zones rurales semble toujours fonctionner sur la base des syndromes de l'âge moyen où les zamindars ou les soi-disant seigneurs féodaux ou peut-être les rois ont été remplacés par le système politique qui a nommé des hommes forts et des femmes également dans le domaine de la politique de pouvoir. L'État joue le rôle de médiateur, ou plutôt de facilitateur et de facteur de collaboration, pour que la dynamique du pouvoir s'impose. On peut reprocher à cette affirmation d'être réductrice et généralisée, mais si on la prend avec une pincée de sel et même dans un contexte de partialité, il est vrai que la démocratie indienne, dans sa forme la plus authentique, laisse encore à désirer lorsqu'il s'agit de la question de la représentation. Le terme de démocratie représentative est vraiment ce qu'il reste dans la plus grande démocratie du monde, l'Inde. La démocratie a également fait l'objet de plusieurs critiques à l'Ouest, depuis l'apparition du fascisme jusqu'à la montée du néo-fascisme, d'une manière quelque peu différente dans le monde occidental. Pour en revenir à l'Inde, qui a eu des traditions de démocratie à la manière orientale, basées sur la discussion et la délibération, même si elle s'en vante, elle se sent une coquille vide de démocratie dans un contexte plus large[6]. La classe moyenne, souvent appelée "classe de bétail", est celle qui ne se préoccupe guère de la santé de la démocratie, mais qui travaille selon le principe de la *"théorie de la main invisible"*, c'est-à-dire qu'elle travaille pour elle-même, ce qui peut profiter à la société et à la communauté dans son ensemble, avec un effet de ruissellement. La politique indienne d'antan a été l'aboutissement de la coordination de l'administration locale qui dépendait du roi et de son conseil des ministres, au moins au sens large. À l'époque de la *civilisation de la vallée de l'Indus* également, la dynamique politique dépendait d'une poignée de membres du conseil. La politique du sous-continent qui a évolué jusqu'à la forme actuelle avait certains éléments communs en termes de rois et de conseil des ministres ou de conseil des personnes âgées ou considérées comme sages malgré les différences religieuses. L'Inde est aujourd'hui un modèle hybride de politique féodale et coloniale, comme je l'ai mentionné précédemment. Le problème de ce type de modèle a également été constaté à maintes reprises au niveau des institutions gouvernementales, telles que les tribunaux, les forces de police et même la bureaucratie, qui sont tous des vestiges de l'époque coloniale. Les progrès de l'Inde vers la démocratie ne sont pas le fruit d'un acte de foi, mais d'un processus graduel. L'Inde a eu une conception de la démocratie qui n'est peut-être pas adaptée à la conception de la démocratie westphalienne telle qu'elle existe aujourd'hui en Europe[7]. Cependant, le concept de la démocratie indienne ou du système politique est censé refléter les idées de la diversité qui est prononcée en Inde, même si elle ne l'est pas autant qu'en Afrique, mais pas moins prononcée aussi, de manière majeure. La démocratie indienne est comme une mosaïque dont les origines remontent à l'histoire de la nation, qui a traversé des millénaires de

---

[6] *The Wire* : *The Wire News India, Dernières nouvelles, Nouvelles de l'Inde, Politique, Affaires extérieures, Science, Economie, Genre et Culture*
[7] *Westphalien (ecpr.eu)*

changement et d'évolution. L'Inde a prit des mesures au cours de cette période, qui a été marquée par le mélange des cultures, le sang et les conflits, et pourtant l'Inde se présente aujourd'hui comme un point culminant de différentes cultures, comme une kaléidoscopie ou une mosaïque. Il n'y a pas de motif ou de couleur spécifique qui puisse être considéré comme dominant, mais c'est le mélange des motifs et des couleurs des différents motifs qui représente l'Inde sous sa forme actuelle. Le processus démocratique qui existait au début de la *période védique* ou dans la *civilisation de l'Indus* était caractérisé par le fait que les villageois étaient considérés comme les parties prenantes[8]. Cependant, plus tard, à travers différents royaumes, l'Inde a développé le sens de la hiérarchie. C'est cette hiérarchie qui a été compliquée par le système des castes et l'héritage colonial que je n'ai cessé de souligner. Dans l'ensemble, la dynamique politique repose donc sur une politique dynastique qui a pour antithèse une politique régionale ou panindienne fondée sur l'identité religieuse, que l'on retrouve toutes deux en Inde. L'idée de politique régionale est étroitement liée au passé de la démocratie qui a fait de l'Inde un pays où les identités convergent tout en conservant une identité naturelle uniforme. Le niveau suivant concerne l'identité nationale de la politique fondée sur la religion, qui s'est accélérée au cours des deux dernières décennies sous le nom de **Bhartiya Janata Party (BJP)**, le plus grand parti du monde par le nombre de ses membres, qui est supérieur à **CCP (Parti communiste chinois).** L'identité politique de l'Inde à l'heure actuelle est en pleine mutation et se métamorphose complètement, passant des idéaux de Gandhi aux idées de Tilak. L'idée de démocratie en Inde se situe à trois niveaux : indirect, partiellement direct-indirect et direct. L'élection du président de l'Inde est un domaine où la voie est totalement indirecte, car la constitution ne permet pas au président d'être plus que le chef nominal de l'État. Au niveau suivant vient le processus le plus délicat et le plus complexe qui, sur le papier, peut être simple et direct, mais qui, dans le pays qu'est l'Inde, prend une signification très différente. L'Inde veut chérir et se vanter de la démocratie dont elle dispose en se qualifiant fièrement de "***plus grande démocratie du monde***". Toutefois, le récent indice de santé de la démocratie nous classe avec des pays comme le Niger, ce qui est certainement inconfortable pour

---

[8] *Ancient Indian Democracies* / LES DEMOCRATIES ANCIENNES DE L'INDE sur JSTOR

une nation comme l'Inde qui veut s'acoquiner avec l'Occident en raison de ses principes démocratiques supposés. Alors que nous sommes qualifiés d'autocratie électorale, ce qui n'a certainement pas été du goût du gouvernement en place qui prévoit d'établir son propre indice de démocratie. L'Inde ne voudrait certainement pas être une "*démocratie de la foule, par la foule et pour la foule*" qui a une réelle chance.

De Jinnah à Gandhi en passant par Tilak, Golwalkar et Savarkar, le pont entre l'identité hindoue, le Jan Sangh, le RSS et le Ram Rajya - partie 1.

Comme nous l'avons déjà mentionné, la question du développement politique en Inde a traversé les différentes phases des dynasties et des royaumes qui ont régné sur le pays avant l'empreinte coloniale finale. Cependant, il y a un détail à cela, qui a été discuté en détail dans des ouvrages tels que "The Indians", qui couvre les traces de l'origine de l'Inde en tant que nation d'aujourd'hui, qui ne peut pas être mesurée en noir et blanc, mais qui a plus que la gamme de couleurs des pensées qui peuvent être sondées. Il est bien établi que l'idée du développement politique en Inde va de la gauche à la droite, bien que ce concept ait toujours été considéré comme très occidental et ne soit pas considéré comme tel en Inde. Bien que les origines de l'idéologie du spectre politique proviennent du parlement grec, il ne faut pas oublier les nuances de la pensée politique indienne. Les origines de la pensée politique indienne sont variées depuis longtemps. Toutefois, le discours dominant a porté sur la hiérarchie politique basée sur les varna, qui est généralement assimilée au système brahmanique qui a évolué ou plutôt pris naissance à l'époque de la *civilisation de la vallée de l'Indus*.[9] Toutefois, l'ouvrage que j'ai cité mentionne également qu'il est impossible de préciser la chronologie exacte des origines du système politique basé sur les varna. Cependant, si l'on fait un saut dans les temps modernes, c'est-à-dire pendant l'ère coloniale et jusqu'à l'époque actuelle, il y a également eu toute une série de réflexions sur le type d'Inde qu'ils voulaient. L'idée d'un humanisme radical de gauche, plus orienté vers la gauche que le programme communiste, a été avancée par **M.N. Roy**, qui se rendait lui-même dans des pays comme le Mexique pour collaborer avec d'autres gauchistes. En ce qui concerne la politique centriste, les icônes indiennes sont un peu difficiles à

---

[9] *https://www.britannica.com/topic/varna-Hinduism*

trouver. Nous ne parlons pas des personnalités exactes, mais les dirigeants du Congrès tels que **Sardar Patel** et même **Jawahar Lal Nehru** pourraient être classés dans cette catégorie, bien que le premier soit plus proche du centre-droit et le second du centre-gauche. Dans le cas du **Mahatma Gandhi**, on pourrait dire qu'il était un centriste au sens propre du terme, c'est-à-dire que ses idées penchaient à gauche et parfois aussi à droite, mais pas de la manière dont on l'imagine aujourd'hui. C'est-à-dire qu'au lieu de limiter l'identité à la fierté de la religion, c'est l'éthique culturelle qui est au premier plan. Des idées similaires peuvent être observées dans la manière dont Vivekananda a également mis l'accent sur l'idée de l'identité indienne. En termes de politique, l'éthique culturelle est importante, en particulier dans le contexte d'un pays aux multiples facettes comme l'Inde. **Netaji Subhas Chandra Bose**, quant à lui, est l'exemple parfait d'un centriste moderne dont le processus de pensée comporte des éléments des deux courants. D'autre part, il y avait l'origine de la soi-disant identité indienne qui se trouvait à l'autre bout du spectre de la politique de gauche où la philosophie de l'égalitarisme de la voie indienne avait été remplacée par les idées révolutionnaires de la révolution russe. La pensée politique indienne se limite aujourd'hui à ce que le *Rashtriya Swayam Sevak Sangha* est censé diffuser dans le domaine public. ***L'aspect le plus intéressant de l'Inde est de comprendre ce que nous entendons par le concept d'Inde. Est-ce celui qui n'est lié qu'au passeport, au drapeau, à l'hymne national et aux frontières définies par l'Occident ?*** Cette partie est certainement un cadeau des maîtres coloniaux ou plutôt de la façon dont l'Inde a été formée à l'époque actuelle. Cependant, qu'en est-il de l'idée du milieu culturel et des empires qui ont transgressé les frontières de leur propre pays et qui n'étaient pas liés par le système des traités de Westphalie pour la création de l'État-nation. Le système indien a été comme un papier imbibé de l'empreinte laissée par ses vestiges, dont certains sont bons ou mauvais, à l'instar du test de Rorschach. La conception qui a été créée est ce qui fait le charme de l'Inde, car il n'y a rien de concret ou de certain à ce sujet. Hormis les faits, il n'y a qu'une seule chose qui fait l'Inde d'aujourd'hui : le sens du passé partagé, l'agitation du présent et le rêve de l'avenir. Cependant, au milieu de tout cela, il y avait et il y a encore aujourd'hui le spectre politique de droite d'une Inde révisionniste sous la forme de **R.S.S. (Rashtriya Swayam Sevak**

Sangha) qui veut que l'Inde soit rédigée et créée sous la forme d'une identité où il y a une vérité singulière et uniforme sur le pays. L'Inde est vraiment le pays miracle où aucune définition fixe ne peut le définir, mais qui peut être vu ou compris à partir de la notion de race qui peut être divisée en plusieurs races et en milliers de sous-castes qui entretiennent des relations complexes. Cependant, c'est l'attrait de l'identité hindoue dans une nation stratifiée qui est le moteur de l'Inde, non pas depuis aujourd'hui mais depuis de nombreuses années, et qui n'est apparu sur le devant de la scène qu'au cours de la dernière décennie. Les racines de l'Inde ont toujours été Sanatana, où après l'avènement de la civilisation humaine moderne depuis que l'Homo Sapiens a commencé à arriver à la toute fin de l'existence des Néandertaliens, le culte de la nature a été au premier plan. Les formes de culte paganistes qui prévalent dans l'hindouisme d'aujourd'hui sont considérées comme n'étant pas du paganisme et comme ayant un lien réel avec les liens profonds avec la nature qui ont été accordés et qui sont devenus aujourd'hui un symbole d'identité politique à travers un mélange d'histoire et de folklore[10]. Elle a également des liens avec les castes, qui sont marginalisés, mais qui font aujourd'hui partie de l'identité nationale sous la forme d'une révision de l'histoire. L'idée principale n'est pas d'oublier le passé mais de conserver les idées du temps passé. Le problème de l'échiquier politique indien aujourd'hui est que ni la gauche ni la droite ne peuvent prétendre à la légitimité de ce que nous appelons l'Inde. La seule idée pour une identité politique indienne qui corresponde à tout le monde n'est pas d'être à l'extrême, mais de faire preuve de modération. La façon dont Bouddha, Ashoka après la période de guerre, Akbar et Gandhi ont maintenu leurs positions en est la preuve. Toutefois, une question se pose : est-il erroné de poser certaines questions qui se concentrent sur un point spécifique pouvant être corrélé à des preuves ? La nation a été le point culminant de tant d'expériences et de tant de couches d'histoire qu'il est difficile de déterminer l'Inde à partir d'un spectre très singulier. Cependant, revenons à la question du développement politique de l'Inde qui a connu un changement majeur avec l'avènement de l'empreinte coloniale. Comme le souligne le livre ***"Indians : A***

---

[10] *Tolérance religieuse" : L'hindouisme est-il polythéiste ? Non, affirme le spécialiste des religions Arvind Sharma (scroll.in)*

Histories of Civilization", l'histoire de l'Inde n'a pas commencé avec l'arrivée des colons et ne s'est pas terminée avec eux. Aujourd'hui, lorsque l'on parle de l'histoire politique de l'Inde, c'est généralement le nom de Gandhi qui vient au premier plan, avec **Ambedkar, Netaji, Sardar Patel, Tilak, Dadabhai Naoroji, Nehru, Indira Gandhi, Narsimha Rao, Manmohan Singh** et **Narendra Modi** qui gravitent autour de lui. La question des pensées politiques indiennes peut être considérée comme celle d'un parent qui a vu grandir ses enfants et ses petits-enfants. Les éléments demeurent, mais la mutation se poursuit jusqu'à ce que les gènes dominants prennent le dessus. Dans un scénario de réalités multiples, l'Inde est une nation qui a connu des réalités multiples comme beaucoup d'autres nations fondées sur une civilisation plus ancienne. Pour en revenir à la question des anciens dirigeants politiques de l'Inde, des anciens textes védiques aux puranas ultérieurs, en passant par les réformateurs tels que Guru Nanak, Bouddha, *Krishna (le personnage historique) et même le Ramayana et le Mahabharata*, il existe des éléments de connaissance politique qui n'ont été qu'effleurés. La philosophie de la connaissance politique des premières années, par l'intermédiaire de Chanakya Kautilya, a été marquée par la philosophie de Machiavel, qui est encore utilisée aujourd'hui. Il ne faut pas oublier que la pensée politique indienne des temps anciens a préconisé le recours à la lutte, à la bravoure et aussi à l'arrachement en cas de besoin. Il y a eu de grands conquérants qui ont développé leur propre système de gouvernement, certains venant de l'extérieur, d'autres de l'intérieur de la région. Ils ont évolué et créé un système qui n'était pas parfait et qui, malgré ses lacunes et ses éléments d'anarchie, était un système politique qui s'inscrivait dans la tradition indienne. L'Inde n'a jamais été complètement occupée, que ce soit aujourd'hui ou hier. En effet, les colonisateurs européens, en particulier les Britanniques, savaient comment diviser l'image globale en éléments plus petits en divisant le local, le régional et le national. Comme indiqué dans le livre **The Indians**, le *Raj britannique* savait comment utiliser le niveau local pour empêcher les forces régionales de s'opposer à une cause plus importante et causer des problèmes en regroupant les autres forces régionales au niveau national. Maintenant que nous avons mentionné les forces des pensées philosophiques passées et les leaders, revenons à Gandhi qui est supposé être le phare du leader de masse moderne dans le contexte de la politique de l'Asie du Sud avant la fin de la colonisation. D'autres dirigeants indiens qui ont été mentionnés peuvent être considérés comme ayant des liens avec Gandhi, qu'ils soient ou non sur la même longueur d'onde, car ils étaient contemporains et menaient leurs propres batailles, à leur manière, pour la lutte en faveur de la liberté nationale.

De Jinnah à Gandhi en passant par Tilak, Golwalkar et Savarkar, le pont entre l'identité hindoue, Jan Sangh, RSS et Ram Rajya - partie 2.

Cependant, outre le fait que son visage figure sur la monnaie indienne et qu'il ait reçu le titre officieux de Père de la nation donné par Netaji, qui n'était malheureusement pas bien vu pour ses idées de mouvement de résistance par la force, et qu'il soit également connu sous le nom de Mahatma, comme l'appelait Rabindra Nath Tagore, ses pensées politiques et ses positions philosophiques étaient clairement quelque chose que le Raj britannique voulait maintenir pour assurer sa domination au milieu de sa confusion cognitive. Gandhi a été un symbole de l'autonomie indienne au moins depuis 1915. Avant cela, les idées de **Lal-Bal-Pal**, qui étaient respectivement *Lala Lajpat Rai, Bal Gangadhar Tilak et Bipin Chandra Pal*, ou les dirigeants indiens extrémistes qui s'étaient inspirés de la sagesse philosophique passée, ont été effacées plus tard par le sentiment d'une autre forme d'idéologie politique de satyagraha et de non-violence qui a effectivement trouvé un écho chez **Nelson "*Madiba*" Mandela** en Afrique du Sud, mais c'est là qu'il faut recomposer l'histoire de la civilisation politique indienne ou celle du monde. La guerre apporte la paix, la paix apporte la faiblesse et la guerre ensuite. L'exemple d'*Ashoka* est donné comme le phare de la paix après sa lutte violente à ***Kalinga (l'Odisha d***'aujourd'hui). C'est grâce à l'idée de ces personnes qui ont été inspirées par la sagesse passée de notre savoir indigène, même au risque d'omettre la littérature dalit et tribale qui a eu ses propres héros et son propre folklore, qu'elles ont tenté leur chance en termes de différents types d'approche pour nous donner l'idée de l'autogestion en l'arrachant. Grâce à des écrivains tels que *Vikram Sampath* et *Sanjeev Sanyal*, l'histoire alternative, si l'on peut l'appeler ainsi, fait son apparition. Les héros qui avaient leurs idées, qui ne se limitaient pas à la résistance armée et à la violence, mais qui, pour certains d'entre eux, avaient des moyens de créer un nouveau système économique, sont mis en avant. *Netaji Bose* est un exemple qui a toujours su quelles idées prendre de la civilisation industrielle européenne. D'autres, comme **C.R. Das, Bagha Jatin**, quelques-uns de la longue et incroyable liste des révolutionnaires, ont été quelque part enterrés derrière les pages et la poussière du temps de l'oubli historique. Pour en revenir à l'origine de l'idéologie politique gandhienne, il représentait une idée qui comportait des éléments liés à l'économie, à l'éveil social et au processus de réflexion politique. Cependant, son plaidoyer en faveur de l'approche politique de la non-violence à de multiples reprises a abouti à quoi exactement ? Bien. Il s'agit de l'héritage de la politique coloniale hybride qui consiste à gouverner par le biais de l'hameçon et de l'escroquerie, en pansant la politique féodale. Le pays a été manipulé dans sa forme par la politique britannique et l'utilisation de Gandhi comme bouclier pour contenir la résistance de masse indienne a été un coup de maître. Le Congrès national indien, depuis l'avènement d'**Annie Besant** et d'**Allan Octavian Hume**, a été une soupape de sécurité que les colonisateurs britanniques ont été plus qu'heureux d'utiliser. L'idée de l'indépendance de l'Inde est souvent reprochée d'être négociée et non prise, ce qui est vrai sans pour autant manquer de respect à la lutte passionnée de tant de combattants de la liberté. Cependant, les négociations qui ont eu lieu ne se sont pas déroulées comme prévu et la nation a connu une partition sanglante. Le rôle de Gandhi comme pacificateur des deux communautés prises au milieu des lignes tracées par un géomètre blanc, *Radcliffe*. Sa vie a finalement été interrompue par un homme nommé **Nathuram Godse**, ce qui nous amène à un autre spectre politique. En ce qui concerne le spectre, dans un pays trop diversifié, il est impossible de trouver une identité commune en termes de race, de sorte que le concept d'altérité ne peut se présenter que sous la forme de la religion. Les originaux contre les envahisseurs et nous connaissons tous cette histoire. L'Inde, en tant que nation, a toujours oscillé de temps à autre en termes de domination politique dans la politique régionale à travers de nombreux endroits. Cependant, dans certains États, et même au centre, la dynamique politique s'est déroulée entre deux partis, principalement comme aux États-Unis et au Royaume-Uni, qui ne peuvent être qualifiés de différence entre la gauche et la droite, mais plutôt entre les modérés *(comme le Congrès national indien, dont l'approche est similaire à celle du Raj britannique)* et le B.J . P (Bharatiya Janata Party), dont l'origine remonte au Jan Sangh, créé par Shyama Prasad Mukherjee. *P* **(Bharatiya Janata Party)** qui remonte au *Jan Sangh* créé par **Shyama Prasad Mukherjee** a toujours pensé que l'Inde avait la faiblesse inhérente de ne pas être unifiée sous la fierté unique d'une identité unifiée que les nations européennes avaient trouvée il y a longtemps et qu'il était temps de la trouver sous la forme de l'hindouisme, non pas en tant qu'identité religieuse mais en tant que mode de vie. Les idées de Savarkar à Golwalkar ont toujours été inspirées par l'Italie et l'Allemagne et leur histoire d'unification qui a défini la voie d'un nationalisme affirmé pouvant trouver un écho sur le site auprès de la majorité plutôt que de répondre à la multitude de la diversité culturelle. L'idée de l'Inde a toujours été contestée de gauche à droite. D'un côté, il y avait l'aile gauche libérale et d'autres qui se font probablement passer pour ce qu'ils ne sont pas. Ce chapitre m'amène à la question suivante : *"Quoi, pourquoi, où et comment définissez-vous l'Inde ? La première question est la suivante : "Qu'entendez-vous par l'idée de l'Inde pour les personnes qui ont eu l'idée de l'Inde ou plutôt de Bharat Varsha qui existe depuis les 5 000 dernières années"* ? L'idée que l'**Inde**, le **Bharat**, l'**Aaryavarta** ou le **Jambudwipa** [11] existait en tant qu'entité réunie à sa manière depuis environ cinq millénaires. Elle n'avait pas besoin de se conformer à l'idée de la manière britannique ou de considérer que l'Inde d'aujourd'hui est le fruit de quelques marques aléatoires qui ont laissé derrière elles la trace de la partition. L'idée a toujours été de définir et de comprendre l'Inde d'une manière qui ne suive pas les définitions et les traditions occidentales. C'est là que le rôle de la fierté hindoue ou *"sanatani"* entre en jeu. Ne revenons pas sur les différences entre Hindous et Santanis, mais plutôt sur l'Inde vis-à-vis de Bharat et des personnes qui ont été nommées dans le titre du chapitre. Depuis l'époque de Tilak, l'idée d'une Inde non pas fragmentée mais unie dans l'idée de l'hindouisme était en train de fermenter. Le rôle des castes et des autres clivages n'est pas remis en cause. Depuis lors, beaucoup d'eau a coulé dans le Gange et le rôle de l'hindouisme en termes d'idées et de présentation de l'Inde. L'idée de considérer l'Inde comme une construction de la forme occidentale de territorialisation et d'en faire ensuite une nation n'avait jamais été envisagée par des dirigeants tels

---

[11] *Aryavarta : Aryavarta - Tianzhu, Jambudweep : découvrez cinq autres noms de l'Inde | The Economic Times* (indiatimes.com)

que **Tilak**, puis par **Savarkar** et **Golwalkar**, jusqu'à la formation du **RSS (Rashtriya Swayam Sevak Sangha)** et de son unité politique affiliée, le *Jan Sangha*, qui est aujourd'hui le **Bharatiya Janata Party**. La lutte pour l'âme de l'Inde a existé avant et même après l'indépendance. Seuls le modèle et le style de présentation ont changé. En y regardant de plus près, l'idée de la fierté hindoue, sous la forme de l'imagination d'une Inde ayant une base historique, provient du Maharashtra, qui a eu la fière tradition de toujours définir la résilience pendant une longue période de temps. Bien avant que les Britanniques ne nous soumettent, la fierté *marathe* était le fruit d'une longue histoire de lutte contre les envahisseurs, avant et après l'indépendance, comme nous l'avons déjà mentionné. Cette attitude résiliente, soutenue par un fort sentiment d'identification à soi, très important pour tout mouvement, l'estime de soi, la fierté, est apparue sous la forme du facteur unificateur qu'est l'hindouisme, terme générique archaïque. Aujourd'hui, l'idée du Ram Mandir et du Ram Rajya peut être source de polarisation, alors que les subtilités de la cohabitation supposée organique des hindous et des musulmans, normalisée au fil des siècles en dépit d'une histoire sanglante, constituent le point de vue de la gauche. Cependant, la politique indienne, avec sa confusion et son chaos en termes d'identité, se situe quelque part au milieu. Le concept de politique indienne, depuis une grande période de l'histoire jusqu'à aujourd'hui, semble être détourné autour de quelques grands concepts tels que le féodalisme, le système colonial, etc. Quelques noms sont également cités de temps à autre, comme **Ashoka, Bouddha, Chanakya** et, bien sûr, **Gandhi** à l'époque coloniale jusqu'à **Narendra Modi** à l'heure actuelle. Sans oublier de mentionner que d'autres leaders politiques tels que **Periyar, Sardar Patel, Netaji Bose, Nehru** et même **Jinnah** sont également mentionnés dans les débats politiques. Cependant, l'idée de la politique indienne et de son développement est un kaléidoscope où certaines couleurs dominent plus que d'autres. Les couleurs, si l'on y regarde de plus près, se trouvent plutôt dans la manière dont les seigneurs féodaux se déguisent aujourd'hui en dynasties politiques. Cependant, les origines de ce type de politique peuvent être attribuées à une longue période de l'histoire, pendant et après la colonisation. Ici, les exemples de l'histoire ne sont même pas repris des anciens empires. La question de savoir qui définit la politique indienne est posée, mais qu'en est-il de la prochaine phase de la politique indienne, s'il y a un changement. La question reste toujours de savoir comment fonctionne la politique indienne, et les réponses à cette question ont été données dans de nombreux ouvrages. La classe moyenne supérieure et les hauts revenus nets sont la crème de la société, la partie inférieure est la banque de vote avec l'économie "*gratuite*", mais qu'en est-il de la classe moyenne prise en sandwich dans la tempête des mêmes tout en menant sa vie. C'est ainsi que la politique indienne a fonctionné, en dehors des politiques dynastiques basées sur les banques de votes et les équations de pouvoir et de caste. L'Inde subit des transformations et en a subi, mais le changement le plus important consiste à dépasser l'équation des castes et les subdivisions où se forme une identité commune. C'est la raison pour laquelle cette section a été nommée pour animer cette discussion construite sur la notion de retour au point de départ depuis l'époque de Tilak. L'idée d'une Inde où la force d'une identité unifiée joue un rôle malgré ses défauts et son approche réductrice. Imaginer une Inde où toute identité musulmane est considérée comme étrangère, ce qui peut même être étendu à d'autres religions, même si elles ont des racines similaires à celles de l'hindouisme. Gandhi, qui a servi de pont entre les hindous et les musulmans grâce à son approche politique telle que l'alignement du *mouvement Khilafat*, avait des défauts d'apaisement. **Netaji**, qui avait d'autres façons de penser la politique, a créé l'outil du multiculturalisme et de la laïcité au sens propre du terme, même si c'est à la manière indienne, lorsqu'il a créé l'Armée nationale indienne et à l'endroit où il l'a fait. Netaji a réussi à réunir trois généraux militaires de différentes confessions, y compris des femmes, qui ne sont pas liées par l'identité religieuse. Un combat qui peut être mené contre un adversaire du même acabit, tant sur le plan militaire qu'en unissant les différentes identités religieuses pour opposer une résistance armée à l'oppresseur. Le recours à la solution magique au moment opportun de la Seconde Guerre mondiale, alors que les Britanniques étaient sous le coup de la pression économique, a entraîné leur départ précipité. Ce qui s'est passé par la suite, nous connaissons tous l'histoire : un héros national qui est resté dans l'oubli alors que Nehru a obtenu le poste de premier ministre et, déçu par l'approche gandhienne visant à apaiser la *Ligue musulmane* et la création du Pakistan, qui prônait la non-violence, est lui-même mort d'un acte de violence perpétré par **Nathuram Godse**. Un homme pourtant controversé, mais convaincu que le fait d'aller de l'avant avec tout le monde lui a coûté sa famille, promue par la paix gandhienne. Gandhi n'a pas réussi à empêcher la partition de l'Inde, mais peut-on le blâmer seul ? Nehru, Jinnah et avant même que le plan de la mission Cripps de 1942 ne scelle l'accord pour la partition, ont retourné Jinnah, un musulman anglophile, pour sceller l'accord pour le sous-continent.

Les économies de la politique indienne aux niveaux local, régional et national : Politico Economus

La politique indienne a toujours été un sujet d'étonnement, voire d'inquiétude : comment une nation qui avait des éléments d'un système politique bien développé dans le passé, mais qui a ensuite été détruite par la dégradation féodale et coloniale, peut-elle survivre en tant que plus grande démocratie du monde ? Le nombre de personnes, la diversité ainsi que le système qui a été laissé en place avec les lignes de fracture religieuses, les problèmes de castes n'ont pas encore réussi à briser l'Inde, bien qu'il soit bien connu que la politique et la démocratie indiennes sont imparfaites. Pour en revenir au sujet, il faut comprendre que, comme dans de nombreuses nations en développement ou postcoloniales, l'idée de la politique a été embourbée dans la corruption et le pouvoir des muscles (main-d'œuvre/effet de mafia, hommes politiques), de l'argent et de l'identité. La politique fondée sur le développement a manqué sa cible, car l'Inde a été et est encore aujourd'hui une économie rurale ou agraire. Comme dans de nombreux pays, la classe moyenne urbaine reste la partie de la population qui est laissée pour compte dans de nombreuses politiques où l'idée du débat politique et de la délibération manque à ce groupe. Bien que l'on parle aujourd'hui de la croissance de la classe moyenne indienne, il est ironique de constater que c'est la classe moyenne qui n'est pas vraiment la cible d'initiatives politiques spécifiques, et ce depuis longtemps. Le Congrès s'est orienté vers la partie inférieure de la population sans faire beaucoup d'efforts politiques en direction de la partie moyenne de la classe moyenne. Il ne s'agit pas de nouveaux facteurs qui n'ont jamais été discutés auparavant, mais l'idée est de mettre en évidence et de comprendre comment la démocratie fonctionne dans une nation diversifiée avec certains éléments communs d'une population gargantuesque de 1,5 milliard d'habitants. La politique indienne n'a certainement pas le système américain de lobbying ouvert, mais si l'on s'en tient à la logique des transactions sous la table, on sait déjà qui contrôle la politique centrale, régionale et locale. On ne soulignera jamais assez le rôle des industriels et des puissances capitalistes. Cependant, la notion de voix marginalisées est malheureusement restée marginale, car les politiques locales, au lieu d'être la voix du peuple, se sont adaptées à une forme hybride de politique post-coloniale. Le système des panchayats, qui est la forme la plus proche de la démocratie directe en Inde, a évolué vers une forme de démocratie occidentale indianisée qui est unique à l'Inde à bien des égards. L'utilisation du système colonial des bureaucrates indiens tristement célèbres qui réussissent l'un des "examens les plus difficilesau monde" constitue l'*un des piliers de l'administration indienne qui peut faire l'objet de nombreuses critiques sur le système lui-même et le niveau de corruption*. Cependant, il est indéniable que l'idée est de reconsidérer le rôle de l'économie dans la politique, qui joue un rôle majeur dans tout système national. La *politique de la pauvreté* est un mot à la mode dans la dynamique politique indienne depuis l'indépendance, avec la distinction douteuse d'être une nation qui compte encore beaucoup de pauvres. Reste à savoir si, à l'heure actuelle, elle a dépassé le stade de la politique de la pauvreté. La réponse est oui et non. La politique de base entourant la pauvreté est restée la même, la seule chose qui a changé est la manière dont la pauvreté est abordée. L'Inde est probablement le pays où la richesse et la prospérité ont longtemps cohabité avec l'extrême pauvreté. La notion de pauvreté et de richesse extrêmes fait partie de notre attitude apathique en termes de société, où le concept de karma et de souffrance est encore largement considéré comme un réconfort. Il est vrai que la pauvreté a fait l'objet de nombreux débats politiques et qu'elle a été réduite, même en ce qui concerne la pauvreté multidimensionnelle. On peut également affirmer que la pauvreté en termes absolus ne peut être éliminée d'aucune société, car le déséquilibre des ressources est quelque chose qui doit être accepté. Cependant, l'idée d'une politique autour de l'économie de la pauvreté est toujours d'actualité en Inde depuis l'époque de *Garibi Hatao* (supprimer la pauvreté), n'est-ce pas ? On ne peut pas dire que la politique indienne soit à l'écart de ce phénomène. La situation a changé avec l'introduction d'une nouvelle façon d'envisager la pauvreté, qui encourage la fierté de soi et l'esprit d'entreprise pour surmonter les défis et les difficultés de la pauvreté en tant qu'état d'esprit. Un thème récurrent qui revient dans tous les discours des dirigeants politiques, qu'ils soient de gauche ou de droite. En ce qui concerne l'utilisation du budget en tant qu'instrument, chaque année, de nombreuses politiques sont mises en place pour soutenir ces groupes démographiques. Cependant, au milieu de toutes ces sessions sur la politique de lutte contre la pauvreté, au-delà de la rhétorique et de l'élaboration des politiques, la véritable idée a été de créer cette identité politique. La pauvreté est toujours au centre de nombreux débats politiques, mais le changement de paradigme est qu'elle est désormais reléguée au second plan par la religion, l'identité de caste, le régionalisme, alors que la pauvreté, le chômage et le fait qu'une grande partie de la population jeune et des talents soit gaspillée sont marginaux. La politique indienne a évolué en devenant plus froide, en s'appuyant sur les médias sociaux et en intégrant un nouvel élément de marque. Cependant, derrière tout cela, le culte de la personnalité a été réinventé dans la politique indienne d'une manière nouvelle. L'Inde est un puzzle diversifié dont les pièces évoluent chacune à leur manière. La structure fédérale de notre nation est vraiment unique, car le factionnalisme régional est toujours lié au concept d'indianité par le ciment constitutionnel. Lorsque nous parcourons l'actualité et notre cadre juridique en constante évolution, nous éprouvons des moments de frustration, à l'instar de la politique indienne qui est truffée d'informations sur la corruption, et nous regrettons les points positifs et les politiciens courageux et honnêtes. Parfois, on s'interroge sur les déclarations douteuses faites par les honorables juges des hautes cours, telles que le contact de peau à peau ne peut être considéré que comme un viol ou que les relations sexuelles maritales contre nature sont autorisées et que le consentement de l'épouse n'a pas d'importance. Mais tout comme certaines taches à la surface de la lune n'enlèvent pas sa luminescence, il en va de même pour notre système judiciaire qui maintient le pays sur la bonne voie et empêche notre démocratie chancelante de sombrer dans le chaos et l'anarchie, comme cela s'est produit dans de nombreuses nations d'Asie et d'Afrique. La qualité de notre démocratie actuelle peut être remise en question et doit l'être, car c'est le signe d'une démocratie saine. En fin de compte, l'idée d'une politique indienne développée à partir de la coquille du système colonial a fait disparaître une grande partie de l'ancien système politique précolonial. La question est de savoir si, avec le temps, notre politique et notre système politique ne devraient pas utiliser la masse pour la politique de pouvoir et la dynamique dans laquelle nous nous trouvons aujourd'hui et s'il est temps pour nous d'aller de l'avant au-delà des vidéos trafiquées et de la politique de post-vérité qui rend toute la nation nerveuse.

Entendez-vous India ou Bharat ?

Jana ou **Jati**, le concept de peuple en tant que nation ou la caste qui divisait le peuple à travers cette vaste étendue de terre comprenant le sous-continent indien précolonial[12]. Il est bien établi que Jinnah ne pensait pas que le nom de l'Inde serait adopté, mais il l'a été par Nehru. D'autre part, l'adoption du nom a fait l'objet de nombreux débats lors des discussions de l'assemblée constituante. Là, la discussion n'est pas centrée sur le nom, mais sur la lutte entre la nouvelle classe des *"Sahibs* **bruns post-coloniaux** et la classe politique autochtone fière de son nom. Le monde de la politique en Inde, si on l'examine à un niveau macro, reste le même. Il y a beaucoup de débats et de discussions sur la question de savoir s'il était vraiment nécessaire de changer la dynamique du nom pour conserver le nom d'Inde ou si un autre nom, comme Bharat, serait plus approprié. Cependant, ironiquement, le débat sur les noms Inde et Bharat se poursuit encore aujourd'hui en termes de positions politiques. Comme nous l'avons déjà mentionné, l'idée est de jouer sur les politiques d'identité qui ont dépassé le stade de la caste pour s'intéresser à la religion d'une part, tandis que d'autre part, il y avait l'idée de ce que l'on appelle la laïcité. Qu'il s'agisse de laïcité ou, plus sarcastiquement, de "*sickularisme*", c'est-à-dire d'une politique indienne déguisée en politique d'inclusion, mais qui a également franchi les limites du castéisme, c'est une version plus large de la politique hybride féodale et post-coloniale que l'Inde a poursuivie. Nous reviendrons plus tard sur le clivage entre l'économie et la situation sociale. Cependant, il faut comprendre que le nom Inde, bien qu'il ait été adopté dans une perspective globale, même si beaucoup disent qu'il est adapté du nom de la vallée de l'Indus, a des connotations politiques différentes. Il est certain que le scénario géopolitique est différent, comme le nom **Indo-Pacifique** avec le mot Inde et, de la même manière, pour l'océan Indien, le nom porte le sens de la légitimité de cette nation actuelle qu'est l'Inde et qui a été créée à partir de l'expérience coloniale. Bharat et les personnes qui sont fascinées par

---

[12]*ttps://global.oup.com/academic/product/history-of-precolonial-india 9780199491353?lang=fr&cc=au*

l'idée de rétablir le nom ont des idées de notre narration de la nation basée sur la civilisation. La nation qui existait en tant que différentes ***Jatis (ethnies***) mais qui était unie en conscience en tant que ***Jana (peuple***) ou le peuple de la vaste masse continentale. *Les divisions existaient déjà, mais elles se sont compliquées au fil des invasions, même s'il serait stupide de les classer en deux catégories : les musulmans, puis les Européens, en particulier les Britanniques et les Portugais dans certaines régions. Les Français aussi se sont intéressés à la question, mais leur impact et leur importance peuvent être considérés comme négligeables, à l'instar des Néerlandais, des Danois ou des Espagnols dans une certaine* mesure. L'idée de Bharat en termes de politique aujourd'hui en Inde est de récupérer l'ancienne gloire du passé, de ne pas donner d'importance aux systèmes de pensée occidentaux mais de s'appuyer sur notre propre idée de ce que nous pouvons réaliser grâce à notre savoir indigène et aucun récit orienté vers l'Occident n'est nécessaire pour cela[13]. L'identité religieuse et la caste jouent un rôle spécifique dans cette politique, qui peut être justifié, et il ne s'agit pas d'une chose qu'il faut fuir ou dont il faut avoir honte, mais plutôt d'une chose qu'il faut embrasser. Il y a maintenant le contexte économique qui nous montrerait quelque chose de plus. Un processus politique qui est étroitement lié au statut économique de chaque individu dans le pays. L'État de droit ou la loi des gouvernants, telle est la question et la réponse que l'on peut penser est déjà bien connue lorsqu'il s'agit d'un pays comme l'Inde. Le statut de la politique a été féodal et l'est encore aujourd'hui. Choisissez n'importe quel État et vous trouverez des exemples où la hiérarchie fonctionne. Même si l'on considère la dynamique de la hiérarchie d'une manière différente de la structure brahmanique typique, c'est-à-dire lorsque les marginaux ont obtenu le pouvoir dans le contexte politique de l'Inde d'aujourd'hui, la même logique peut s'appliquer. Sans oublier que la politique indienne repose sur la religion et la caste. La démocratie et la population en général en Inde, nous sommes peut-être la classe de bétail où les opinions individuelles sont le plus susceptibles d'être dominées par l'hystérie de masse des pensées politiques. Pourtant, l'Inde est parvenue à créer une nouvelle démocratie politique nationale qui lui est propre. La difficulté de créer une structure en Inde tient à

---

[13] *Session thématique - Gouvernement de l'Inde, ministère de l'éducation*

son histoire et à sa culture, mais le pays est devenu la plus grande démocratie du monde. Néanmoins, les différences de langage entre Gandhi et Netaji étaient évidentes, mais leur effort commun pour libérer l'Inde est devenu la base de l'unité dans la diversité. Le parcours de l'Inde en tant qu'État démocratique a été caractérisé par le franchissement de divers obstacles tels que la taille, l'hétérogénéité linguistique et religieuse ainsi que les différences socio-économiques. Ce pays a également connu des élections régulières réussies où le pouvoir a été transmis pacifiquement d'un parti à l'autre, mettant ainsi en évidence la force et la capacité de son système politique. Toutefois, malgré ces lacunes, la démocratie indienne n'est pas totalement parfaite. Par exemple, il est arrivé que la nation soit confrontée à l'instabilité politique, à des conflits interreligieux ou à des tensions régionales. Tout aussi important est le fait qu'avec la montée du nationalisme hindou et l'érosion de la laïcité, les préoccupations se sont principalement concentrées sur la protection des droits des minorités et la préservation du pluralisme en Inde. Néanmoins, malgré les nombreux défis auxquels ce pays est confronté, l'Inde a établi une nouvelle identité politique nationale qui s'appuie sur son riche héritage culturel tout en embrassant des principes tels que la démocratie, la laïcité et la justice sociale, entre autres. Elle a été promulguée en 1950 et prévoit la gouvernance d'une société aux multiples facettes par la promotion et la défense des valeurs qu'elle consacre. En outre, les citoyens indiens ont joué un rôle important dans l'élaboration de sa démocratie en luttant sans relâche pour leurs droits. Ce pays n'aurait pas pu devenir ce qu'il est aujourd'hui sans les organes judiciaires actifs que l'on trouve ici, ainsi que les sociétés civiles dynamiques qui veillent à ce que le gouvernement rende des comptes à la population, tout comme le font les médias indépendants qui publient des informations quand ils le souhaitent.

L'Inde commémore les 75 ans de son autonomie ; cette brève période indique sans aucun doute que l'expérience de cette forme de gouvernement a été couronnée de succès. En dépit de toutes les difficultés, l'existence d'une société pluraliste au sein de laquelle l'Inde conserve sa diversité et parvient en même temps à maintenir un régime démocratique stable, prouve la résilience et l'adaptabilité de sa population et de ses institutions. À l'avenir, l'Inde doit continuer à travailler sur ses principes démocratiques, à sauvegarder les droits de l'homme de la population et à favoriser l'équité économique.

Elle pourrait montrer à d'autres États désireux de construire des démocraties durables et inclusives avec des contextes culturels complexes comment y parvenir. Alors que l'Inde prépare l'avenir, elle doit continuer à veiller à ce que la démocratie soit établie dans le pays pour ses propres citoyens. Si elle renforce ces piliers, l'Inde pourrait être un modèle utile pour d'autres pays qui tentent de créer des institutions démocratiques capables de s'adapter à des cultures différentes.

L'histoire de l'Inde, la plus grande démocratie du monde, est jalonnée de triomphes et de défis. Le pays a connu des élections régulières, des transferts de pouvoir pacifiques et une société civile dynamique. Toutefois, des inquiétudes subsistent quant à la protection des droits des minorités, à l'affaiblissement de la laïcité et à l'accroissement de l'égalité économique.

Pour que cela devienne une réalité, l'Inde doit donner la priorité à la promotion et à la sauvegarde des droits de l'homme pour tous, indépendamment de leur race, de leur religion ou de leur statut social. Cela comprend également l'égalité d'accès à la justice, la liberté de parole et d'expression ainsi que le droit à la dissidence. Le respect de ce principe contribuera à renforcer la résistance des structures démocratiques et à promouvoir la tolérance et le respect mutuel dans l'ensemble de l'Inde.

Partie 2 : Créer des récits et fixer des repères sociétaux.

Changer la façon dont l'histoire est racontée ; peu importe pour qui ou pour qui ?

La société, telle qu'elle a évolué avec la civilisation humaine, a toujours créé des récits. L'idée de propagande, telle qu'elle est connue sous de nombreuses formes, existe depuis très longtemps, depuis l'époque romaine. L'idée d'établir un récit a également été à l'origine de la création de la politique d'identité en Inde. Le livre intitulé "L'Inde sans Gandhi" explique comment l'idée d'une politique narrative a existé. L'idée du parti du Congrès en Inde était basée sur la création d'un récit où, avec l'aide d'un Irlandais, les Indiens avaient la possibilité d'établir un programme pour parler en leur nom, ce qui signifie également le concept de création d'un récit à partir de ce qui était alors le Raj britannique. L'idée est de montrer à quel point leur règne était bienveillant et comment ils ont donné la parole aux indigènes ou à nous. Cependant, même avant le congrès, l'idée d'un cadre narratif existait dans les anciens royaumes indiens, à l'époque coloniale et même après l'indépendance. Kautilya, souvent cité comme stratège, a également mentionné le concept de mise en scène narrative. L'idée de la mise en scène narrative s'est accélérée depuis la période de la colonisation, car l'idée d'occuper la place de quelqu'un d'autre est toujours basée sur des récits. La manipulation de la narration est toujours primordiale dans le concept de maintien de la suprématie et cette idée se poursuit encore aujourd'hui. Cependant, il faut se rappeler que la mise en place d'un récit est toujours importante dans la création de l'ordre sociétal. L'important n'est pas de savoir à qui s'adresse le récit, mais s'ils sont représentés ou non. Il est important de le noter, car les personnes qui sont représentées sont celles qui établissent le récit. Si ce n'est pas le cas, de quoi s'agit-il ? Les problèmes de la politique indienne, à l'instar de nombreux autres pays, ont consisté à définir le discours et à déterminer à qui il s'adresse. Gandhi, considéré comme l'icône des harijans ou des intouchables pendant le raj britannique, s'est battu pour leurs droits et a tenté de briser la barrière de la division et de la domination des colonisateurs en leur accordant un siège séparé pour les représenter, ce qui a été un début. Cependant, le rôle le plus important en termes de cadre narratif et de combat, la question reste toujours de savoir où se trouvaient les marginaux. Les personnes pour lesquelles la lutte se poursuit et qui ont besoin de faire entendre leur voix. Il en va de même dans le contexte de l'Inde d'aujourd'hui. Un nouveau monde est en train de se construire où l'idée de politique est désormais plus en ligne qu'hors ligne, du moins en ce qui concerne la création de récits. L'Inde n'échappe pas à cette tendance et c'est peut-être depuis 2014 qu'elle a changé. L'idée de créer une histoire est toujours et a toujours été importante avec la cohérence qu'elle sera probablement la même à l'avenir. Cependant, la partie importante de l'histoire est ce qui est raconté et qui contrôle l'histoire, même si les personnes qui font partie de l'histoire n'en font pas partie. En 2014, l'idée d'une nouvelle résurgence en termes de narration a été mieux positionnée, ce qui n'a pas fonctionné pour le Bhartiya Janata Party lors de la campagne de 2004. S'agit-il d'un sentiment d'impuissance ou de la façon dont l'histoire de l'Inde brillante sous ***Lal Krishna Advani*** a été racontée, ce qui n'augurait rien de bon, mais la proposition de *"acche din" (bons jours)* s'est beaucoup mieux vendue sous le charismatique **Narendra Modi**, l'actuel premier ministre de l'Inde, qui allait achever son triplé alors même que ce chapitre est en train d'être écrit, et dont la présence en tant que ministre en chef du Gujarat a été emblématique. Le mot "emblématique" a été mentionné ici parce que sous son influence, sinon la totalité, du moins une partie importante du Gujarat s'est transformée grâce à l'essor industriel et à la poussée des infrastructures et des investissements, d'autant plus que le système politique était brisé et que de nombreux ministres en chef boiteux se succédaient à la tête de l'État. Pour en revenir à la question du cadre narratif et du récit, l'homme connu sous le nom de **Mahatma Gandhi**, comme nous l'avons déjà mentionné, était passé maître dans l'art de raconter des histoires, des histoires auxquelles les gens pouvaient s'identifier en Inde, du moins à grande échelle. Les moyens coloniaux de prendre le contrôle de la communication et de faire en sorte que le message leur convienne, mais qu'il soit transmis aux Indiens pour la première fois, ont été repris par Gandhi à une échelle de masse, ce qu'aucun autre leader avant lui n'avait pu faire. Son style politique personnel pourrait être, a été et devrait probablement être critiqué selon l'appréciation de chacun, sans pour autant déprécier sa contribution. Cependant, la question n'est pas là pour être ciblée, la question est celle de l'impact de la narration.

L'impact de la communication sur la société à une époque en mutation

L'Inde étant un pays fédéral, il est toujours difficile d'établir une communication qui transcende les régions et les frontières. Le nom de Gandhi, tel que nous le connaissons aujourd'hui, est dû à la manière dont il a su communiquer ses idées à travers le pays. Il a eu sa part de critiques, mais son message a été diffusé par le biais de ses campagnes de masse, de ses grèves de la faim. Cette idée s'applique également à notre premier ministre actuel, qui connaît la plupart des habitants de l'Inde et qui sait ce qui nous donne un sentiment d'identité et nous permet de nous sentir unis en tant qu'Indiens. L'idée d'une communication avant Gandhi, pendant la précolonisation, était décousue, sauf à certaines époques où les royaumes ou les empereurs étaient puissants. La technologie de communication était inexistante, mais la communication a toujours existé. L'Inde a toujours été mieux gérée par des personnes qui ont accepté la diversité, mais la question d'une identité unificatrice a toujours été le facteur déterminant de tous les plans directeurs de communication que n'importe qui en Inde a pu mettre en place[14]. Avant la colonisation, les maîtres planificateurs *Chanakya Kautirya et son protégé Chandragupta Maurya* avaient des idées sur la manière d'administrer plutôt que de communiquer comme nous le pensons et le savons aujourd'hui. L'empire Gupta s'est étendu et la façon dont ils ont communiqué a peut-être été de créer un sens de l'identité qui a permis de créer le système de castes basé sur les compétences professionnelles et l'expertise plutôt que sur la forme corrompue d'être statique. Dans le sud, le **royaume Chola** avait diffusé ses valeurs culturelles bien avant l'existence de l'impérialisme. Le moyen pour eux de créer des temples, des repères, ce qui avait été fait au nord par *Ashoka, le petit-fils de Chandragupta*, sous forme de piliers,

---

[14] *https://medium.com/@theunitedindian9/examples-of-unity-in-diversity-india-0edcd020a0d9#:~:text=India%2C%20avec%20ses%20riches%20variétés,côte%20à%20côte%20en%20paix.*

avait les mêmes idées pour faire connaître leur présence. La seule façon d'exécuter le plan de communication du royaume était l'approche. Toutefois, c'est en faisant connaître la présence de l'identité et en la faisant accepter qu'elle devient uniforme. Ainsi, l'idée d'identité et de communication sur ce qui construit l'identité revêt un aspect très différent qui ne peut être oublié ou considéré de manière négligeable. C'est donc la voie à suivre pour le chapitre de ce livre. La communication a été et sera un élément clé de l'impact sur la société. Les colonisateurs, qu'il s'agisse des Britanniques ou des Portugais et, dans une certaine mesure, des Français, dans l'Inde coloniale, ont d'abord voulu et contrôlé la communication. L'idée de la construction sociétale par les colonisateurs était qu'ils pouvaient contrôler la police, l'armée, la communication. Éducation. Bien qu'il y ait eu quelques instituts d'enseignement indépendants axés sur le traditionnel ou la combinaison du traditionnel et de l'occidental, il n'y a pas eu de changement majeur dans la façon dont l'enseignement a été dispensé. Cependant, la communication pour valider, justifier et imposer leur domination a été clairement orientée par la façon dont ils ont créé la communication et la façon dont elle a été contrôlée pour manipuler les millions d'indigènes. L'idée de l'Inde pour les Indiens est apparue lorsque les moyens de communication modernes ont pu être utilisés, qu'il s'agisse du Mahatma Gandhi ou des discours de Netaji depuis l'Europe et le Japon, pour inculquer la lutte. On peut le constater dans les annales de l'histoire à travers le monde. Même en termes de présentation de l'identité indienne par rapport à ce que nous voulions présenter, l'essence de la lutte pour la liberté était la même que celle des autres nations coloniales, dans une mesure que l'on peut imaginer. Aujourd'hui, on parle du concept de politique religieuse en termes de communication dans la politique indienne, mais ce n'est rien d'autre qu'une répétition du cycle du scénario politique indien qui s'est appuyé sur la religion au cours des cent dernières années pendant l'époque coloniale et des milliers d'années avant[15]. Pour comprendre le contexte social alambiqué de l'Inde, il est plus facile de le décomposer en fragments du passé et du présent. La façon dont les choses se sont passées et dont elles se passent aujourd'hui, il y a forcément une façon

---

[15] *https://www.britannica.com/place/India/Government-and-politics*

constante de regarder le passé et le présent en termes d'importance de la communication qui ne peut jamais être surestimée. Dans notre pays, la même communication a été contrôlée par de nombreuses personnes, même après l'indépendance, comme on l'a vu pendant les périodes d'urgence. Le contrôle de la narration médiatique, en particulier avec l'avènement des médias sociaux après le début du leadership de Modi, est indéniable, car une nouvelle ère a été instaurée. Cependant, l'implication à long terme ne peut être trouvée que dans les annales de l'histoire qui ont essayé. Le système démocratique qui fonctionne en Inde et les idéologies politiques des partis indiens sont en grande partie des vestiges du système colonial. Il y a encore très peu de jeunes leaders, de technocrates ou d'activistes sociaux qui comptent dans la politique nationale. La domination des médias a atteint de nouveaux niveaux de propagande depuis une dizaine d'années et si nous ne prenons pas position maintenant, la différence entre l'Inde et le Bharat sera encore plus marquée et ne pourra pas être guérie superficiellement.

Au milieu d'Hitler et de Staline : au-delà de Trump et de Poutine pour une nouvelle Inde

Le nouveau récit de l'Inde a pris une nouvelle tangente où les informations marginalisées peuvent être plus difficiles d'accès. Les régimes dictatoriaux ou autocratiques ont montré dans l'histoire que les masses populaires pouvaient être dominées par une poignée, voire par une "main" *(sans jeu de mots avec le Congrès national indien)*. En effet, le célèbre salut fasciste de la main levée a pu être observé, mais en quoi cela concerne-t-il l'Inde ? C'est parce que la notion d'Inde est celle d'une démocratie qui est de nature féodale encore pour une grande population non urbaine qu'un écrivain urbain comme moi ne peut pas vraiment comprendre. Mais qu'en est-il de l'Inde ? Comme le suggère le titre de ce sous-chapitre, quelques noms ont été retenus. En effet, *l'Inde a déjà été confrontée à une période d'urgence avec l'abolition de la démocratie en utilisant les dispositions d'urgence de la constitution qui ont été empruntées à la constitution allemande et utilisées par le régime fasciste d'Hitler.* Bien que l'Inde ait été une démocratie fragile au départ et qu'elle bégaie encore aujourd'hui, elle a consolidé la démocratie, du moins sur le papier, mais des questions restent en suspens. Cependant, hormis le régime de feu **Indira Gandhi** et le mandat électoral actuel soutenu par la majorité, réduit dans une certaine mesure par le mandat du peuple en 2024, la démocratie indienne, bien que défectueuse, fonctionne toujours. L'Inde n'est pas non plus tombée entièrement sous le joug du communisme de gauche ou de l'extrême droite à aucun moment, bien que des États comme le Bengale, le Kerala et le Tripura aient un long héritage de gouvernements communistes et que, dans des États comme le Bengale, il y ait eu des controverses concernant leur approche socio-économique, mais la démocratie indienne a tout de même survécu. La question est de savoir s'il est dynamique et, plus important encore, s'il est global. Malgré l'existence d'un corridor de terreur rouge dans certaines régions de l'Inde, ce corridor a été réduit dans une certaine mesure et repoussé dans une certaine mesure, le Bastar étant la région du noyau communiste. La violence et leur combat ressemblent beaucoup au **F.A.R.C. de Colombie**, à l'exception de certains communismes d'État en Inde, notamment au Bengale occidental, où l'on pourrait dire que j'ai une teinte de stalinisme en ce qui concerne les lignes de parti du communisme à suivre ou à ne pas suivre. Cependant, l'étouffement de la démocratie ou l'absence des personnes marginalisées nous amènerait à nous demander qui sont ces personnes marginalisées. En ce qui concerne la nation indienne, notre *classement H.D.I. a toujours tourné autour de 130-140 où les statistiques nous concernant doivent être prises avec une pincée de sel.* Toutefois, la véritable préoccupation est de savoir si la démocratie peut réellement se maintenir et survivre avec une grande partie de la population qui lutte et souffre. L'Inde a accompli un travail considérable en termes de réduction de la pauvreté, ce qui constitue un miracle après la Chine. L'Inde s'en est étonnamment bien sortie, même si la question se pose de savoir comment la démocratie en Inde fonctionne ou a fonctionné jusqu'à présent. À l'époque coloniale, les masses populaires étaient sous la tutelle d'un visage national tel que Gandhi et aujourd'hui, si ce n'est un visage, nous sommes une démocratie basée sur les masses *(et non sur la physique).* Les personnes qui représentent les chiffres font la force de la plus grande démocratie du monde, mais la question de la signification de ces chiffres a toujours été soulevée. Dans une nation où la lutte pour l'essentiel est toujours d'actualité, la démocratie fonctionne toujours sur la base des vestiges de l'époque coloniale. L'Inde a toujours laissé les commentateurs perplexes : comment ce pays fonctionne-t-il en dépit de ses nombreux problèmes et, bien sûr, de sa diversité ? Les premiers pas de la démocratie indienne ont probablement eu lieu à l'époque coloniale avec le premier leader de masse de l'Inde, Gandhi, qui a laissé une marque indélébile sur la façon dont la démocratie indienne s'est formée. La voie de la démocratie en Inde a été tracée à partir de ces mentalités établies pour l'ère d'un homme à la tête d'une masse (selon l'interprétation de la démocratie). Les principes de non-violence et l'approche morale de Gandhi ont été commodément négligés. Dans l'ensemble, la question de la démocratie indienne depuis notre premier pas a été celle de la masse et de la direction de la masse, où les gens du peuple représentent le nombre et l'idée a été de diriger et de créer une démocratie basée sur le nombre. Il est vrai que l'Inde peut être fière de tant de choses, notamment en ce qui concerne le développement d'une démocratie, alors que l'on pensait que l'Inde aurait du mal à obtenir la liberté dans un délai défini et que, même si elle y parvenait, elle s'effondrerait. Cependant, d'une manière ou d'une autre, l'esprit indomptable de Gandhi, qui n'a jamais abandonné malgré son approche fondée sur la non-violence face à un adversaire puissant, a entretenu la flamme de la démocratie en nous, même aujourd'hui. En ce qui concerne l'élément de démocratie directe, le meilleur système a été conçu par Gandhi sur la base de ses idées visant à donner une voix aux villageois. Une tradition du passé mêlée au besoin de la nation, car l'Inde ou l'idée de l'Inde arrivait avec la pilule amère, mais peut-être nécessaire, de la colonisation impériale dans une masse de terre désarticulée. L'idée d'une démocratie directe dirigée par les masses, mais à un niveau beaucoup plus orienté vers les parties prenantes, était l'idée de Gandhi pour le panchayat ou notre propre démocratie directe, comme on peut le voir dans les cantons de Suisse. L'Inde est la terre de plus d'un milliard et demi d'habitants et sa diversité la place au 17e rang des pays asiatiques les plus diversifiés, à l'exception de la Papouasie-Nouvelle-Guinée ([16]). Prenons maintenant la population et la septième plus grande nation du monde, ce qui nous aide à contourner l'héritage de la démocratie des États-Unis, le gangster original dans ce domaine, mais la danse indienne de la démocratie ou la danse du chaos et du féodalisme sous le couvert de la démocratie mérite encore un certain crédit. Il est vrai qu'il existe de nombreux cas où l'on peut et doit probablement remettre en question le fonctionnement de notre démocratie, mais c'est aussi un privilège qui mérite d'être chéri. La lutte de Gandhi et ses positions philosophiques et morales ont été trop souvent évoquées ou écrites et c'est ce qui nous a poussés à nous lancer dans ce travail d'écriture. Mais qu'en est-il de l'idée de la forme de règle dont d'autres ont rêvé ? Il existe généralement un dicton ou un sentiment selon lequel Netaji et Gandhi appartenaient à deux camps différents, ce qui est loin d'être le cas. Ils étaient issus des mêmes camps avec des approches très différentes pour atteindre un objectif. Le premier croyait à la manière de diriger la masse et au pouvoir de la masse en termes de *"forme de résistance passive et agressive"* qui avait une sorte de supériorité morale sur les forces de police à la peau brune et au lathi qui battaient leurs propres frères sous

---

[16] *Les pays les plus (et les moins) diversifiés culturellement dans le monde* | *Pew Research Center*

le commandement du sahib blanc et parfois brun. D'autre part, le cahier des charges de Netaji et de ses camarades, en particulier les révolutionnaires, consistait à rejoindre la force des armes fournies par les maîtres britanniques de manière limitée et restreinte au nom du peuple, c'est-à-dire nous, ou bien......

Soyez le changement, balayez l'ancien et faites place au nouveau : Nous sommes-nous écartés des rêves de ceux qui ont versé leur sang pour notre liberté et notre autonomie ?

L'idée même de l'Inde qui existe aujourd'hui est la somme de l'évolution qui a commencé par les groupes indigènes ou tribaux qui existaient dispersés dans toute l'Inde et qui a abouti à une forme de civilisation urbanisée dans le Nord, l'Ouest et le Sud ainsi que sur le site[17]. En revanche, des personnes se sont installées ou ont migré depuis la Bactriane ou la région d'Asie centrale. Il ne s'agit pas ici d'entrer dans le débat entre les autochtones et la théorie de l'invasion des Aryens et des Dravidiens, car ce n'est pas l'objet du livre. Toutefois, en ce qui concerne la question de l'invasion et de la colonisation, elle joue un rôle très important. Si l'on considère l'histoire de l'Inde d'une manière très réductrice ou simplifiée, on peut considérer qu'elle s'est déroulée sous les royaumes hindous, que ce soit au nord ou au sud, jusqu'à au moins 1100-1200 après J.-C.[18]. C'est alors que l'invasion islamique a commencé à se répandre dans toute l'Inde, bien que cela puisse être critiqué parce qu'il y a eu des peuples de foi islamique comme les Moplahs au Kerala ou les invasions arabes dans le Sind, à l'exception de Mahmud de Ghazni, sans compter la défaite des Mongols, des Turcs et même des Arabes ainsi que des Afghans. Il y a donc eu un mélange de succès et de défaites face à l'assaut de la deuxième vague d'influence culturelle socio-religieuse[19]. Du sultanat de Delhi à l'empire moghol, autrefois puissant, l'Inde a été au cœur de son fonctionnement politique sur le mode féodal, depuis le Moyen Âge

---

[17] *L'Inde ancienne - Encyclopédie de l'histoire mondiale*

[18] *http://www.geographia.com/india/india02.htm*

[19] *https://www.britannica.com/place/India/Society-and-culture*

jusqu'au début de l'ère moderne. Bien qu'il existe des équations du sultanat du Bengale, de l'empire Maratha, du Nawab d'Oudh ou de Lucknow, du sultan Tipu de la région de Mysore, en dehors du royaume Rajput presque inoffensif et des petits États princiers, au moment où la série européenne de la Compagnie des Indes orientales jetait l'ancre sur les côtes indiennes, il n'y a pas eu de changement majeur dans l'histoire de l'Inde. Les Français et la Compagnie britannique des Indes orientales ont été les premiers à vouloir s'impliquer dans le puzzle des terres subcontinentales. Le pouvoir central ou le soi-disant pouvoir de Delhi sous le sultanat moghol était sur le déclin et sur le point de s'éteindre. Si les forces régionales telles que les *Rajputs, Tipu et les Marathas* s'étaient unies à l'époque pour aider la compagnie britannique ou française des *Indes orientales* en utilisant le dosage du nationalisme pour surmonter les barrières régionales, il est certain que moi et d'autres éminents historiens avant moi aurions écrit une histoire différente de l'Inde et de l'histoire du sous-continent. L'Inde a toujours eu le problème d'être organiquement multiculturelle, ce qui nous donne de la force, mais a également été la source de nos nombreuses histoires et des vagues d'invasion qui définissent l'Inde d'aujourd'hui. La question de l'identité de l'Inde s'est toujours posée depuis l'époque coloniale ou les époques qui l'ont précédée et encore aujourd'hui. Le concept d'identité religieuse et de politique des castes définit l'Inde, car l'idée de l'Inde n'est apparue qu'après avoir surmonté les barrières régionales, l'identité linguistique et la politique des castes. Des incidents de Bhima Koregaon au sous-régionalisme que nous venons de mentionner, l'idée de créer cette *"nation mirage"* sous la forme d'un puzzle est en soi une merveille que l'on connaît sous le nom d'Inde. Les œuvres authentiques de **V.S. Naipaul et d'A.L. Baisham** ont capturé l'essence et la *diversité de l'Inde qui reflète les nuances de la nation fracturée* dont **Winston Churchill** se moquait éperdument. Il est vrai que Gandhi, bien qu'il ne soit pas le père officiel de la nation, a été la force qui a au moins permis d'unir les masses de ce territoire diversifié qui souffrait d'un vide de pouvoir depuis la disparition de l'empire moghol qui avait été frappé par les forces régionales et religieuses à travers l'Inde, en particulier dans le sud-ouest par les forces maratha depuis Aurangzeb. D'Ashoka à Akbar, il n'y a que quelques empereurs pragmatiques ou plutôt dynamiques qui savaient que l'extrémisme n'était pas la voie à suivre pour gérer l'Inde, même si leur voyage a commencé par des effusions de sang et des conquêtes. Les modèles historiques de l'Inde, du moins ces derniers temps, ont trouvé une nouvelle voix où l'histoire de notre passé victorieux a commencé à se faire entendre. Les travaux de *M. Sanjeev Sanyal et de M. Vikram Sampath* donnent une nouvelle image de l'Inde. L'idée d'une Inde nuancée a également été avancée par Shashi Tharoor ou en termes de nouvelle dynamique d'une politique étrangère visionnaire sous le gouvernement actuel depuis la direction de feu Sushma Swaraj jusqu'à l'époque actuelle du *Dr Jaishankar*. Les récits de l'Inde changent donc, mais une question nous ramène à la pensée de l'Inde et à la manière dont l'Inde pourrait être égalitaire.

L'économie gandhienne, du paysan au pays nouvellement industrialisé et au raj milliardaire

L'Inde dont rêvait *Mohandas Gandhi* reposait sur l'idée d'une économie autosuffisante où les petites et moyennes entreprises pouvaient prendre le relais. L'idée était d'arrêter les grandes entreprises qui, à l'époque, étaient assimilées aux grandes sociétés, principalement issues de l'Europe impériale. Ce n'est pas que l'idée de cette époque puisse être considérée comme totalement erronée, mais l'idée d'une Inde autosuffisante qui était complètement enchaînée par la domination étrangère. L'idée de l'Inde autonome d'aujourd'hui, qui est présentée comme le *Bharat "Atma Nirbhar"*, est peut-être issue de ces idées. Aujourd'hui, l'Inde a franchi les soixante-quinze ans de son indépendance politique, mais la question se pose toujours de savoir si nous sommes libres. Cela peut sembler très hautain et venir d'une position privilégiée, mais j'ai eu l'occasion de critiquer et de questionner le gouvernement, et c'est ce que signifie la liberté. L'idée de l'Inde au cours de la lutte pour la liberté avait elle-même des points de vue différents. Il y avait l'école économique gandhienne qui était basée sur l'autosuffisance et le retour à l'économie rurale. Ensuite, il y a eu la méthode Netaji Bose et Nehruvian, qui s'est appuyée sur l'industrialisation à la soviétique. Pourquoi les soviets d'abord et non l'Occident impérial parce que la Russie ou la Russie soviétique post-révolution était considérée comme le phare des pays opprimés ou marginalisés. L'alliance tentée par Netaji avec la Russie au début de la Seconde Guerre mondiale, le ralliement de Nehru au camp communautaire malgré sa position de non alignement et, enfin, la main tendue de Savarkar à Lénine ne sont pas des incidents isolés, mais l'idée de créer une économie égalitaire qui pourrait être un antidote à la honte impériale de se voir imposer un pouce et d'être contrôlé par une structure semblable à celle d'une entreprise a toujours été présente. Il est ironique qu'une entreprise venue littéralement faire du commerce de marchandises et acheter des épices **ait "acheté"** l'ensemble du sous-continent. C'est ici que l'idée d'une nouvelle Inde a été sculptée, mais à l'heure où nous écrivons ces lignes, beaucoup d'eau a coulé dans le Gange, alors que nous parlons aujourd'hui de raj milliardaire. Un regard sardonique sur le Raj britannique, où des gens de notre couleur et de notre pays pourraient bien accaparer les richesses dans un contexte d'inégalités croissantes. Les rapports suggèrent que l'Inde connaît aujourd'hui plus d'inégalités qu'à l'époque coloniale. Quoi de plus ironique et de plus douloureux pour nos combattants de la liberté, s'ils sont encore en vie, ou pour l'âme de ceux qui ne sont plus parmi nous. L'économie indienne est aujourd'hui dominée par le sommet : 1 % de la population détient plus de 65 % des richesses, et il s'agit là d'une estimation modérée. La corporatisation de l'économie indienne a fait un tour complet depuis les impérialistes européens jusqu'à l'époque contemporaine des entreprises indiennes[20]. À l'époque, la compagnie des Indes orientales versait des honoraires aux princes indiens et, en retour, prélevait des taxes et drainait les richesses. Aujourd'hui, malheureusement, sous le couvert de la démocratie indienne et du spectre des drapeaux politiques multipartites et multicolores, il n'en va pas autrement. L'idée de l'économie indienne proposée par Mohandas Gandhi reposait sur le renforcement local. Aujourd'hui encore, l'économie indienne est en difficulté dans de nombreux États, mais la collusion entre les entreprises et l'équipe politique fait penser au scepticisme de **Winston Churchill**. Il avait rejeté l'idée même de la quête d'indépendance de l'Inde et avait ironisé sur le fait que si l'Inde devenait libre, elle serait administrée par des voyous et des pillards. Le jeu de mots était involontaire mais, ironiquement, son estimation n'était pas loin de la réalité. Bien qu'une autre prédiction selon laquelle les dirigeants indiens étaient des hommes de paille et n'étaient pas aptes à gouverner, la tournure des événements dans le scénario mondial d'aujourd'hui a une origine indienne par l'ethnicité du premier ministre. La dynamique politique de l'Inde depuis l'indépendance de notre pays a été marquée par les principes fondamentaux de **Roti, Kapda aur Makaan (nourriture, vêtements et logement)**, mais entre les deux, les hommes politiques se sont enrichis, sinon tous, du moins la majorité d'entre eux. Alors

---

[20] *https://www.bloomberg.com/opinion/articles/2024-03-25/india-election-billionaire-raj-is-backing-modi-and-leading-to-autocracy*

que la clameur de la plus grande démocratie du monde, l'Inde, avec son système de droit de vote universel des adultes qui permet aux électeurs de choisir leurs représentants. Cependant, la question se résume au pouvoir de l'économie et à la manière dont les véritables machines politiques sont contrôlées depuis l'époque coloniale. Les détenteurs du pouvoir ont peut-être changé de couleur et d'appartenance ethnique, mais le véritable changement est-il arrivé ? C'est cette question qui est à l'origine de la dynamique du "syndrome du raj" auquel l'Inde a été confrontée. Les personnes qui, en Inde, travaillent dans l'ombre pour obtenir les véritables changements qui comptent pour beaucoup de gens sont perdues ou méconnues, et ce n'est pas qu'elles recherchent la célébrité. L'idée que la politique indienne est guidée par l'économie de la pauvreté, ou par les structures capitalistes de copinage, mieux connues sous le nom d'oligarques, est toujours d'actualité. L'histoire de la réussite de l'entrepreneur moderne en Inde sera évoquée plus tard. Un étudiant polonais en échange m'a demandé un jour à Kolkata, quelle ironie de se trouver juste en dessous d'un immense bâtiment où dorment les sans-abri. Ce n'est pas qu'il n'y ait pas de sans-abri en Occident, mais leur nombre dans nos villes et le contraste qu'ils présentent sont merveilleusement décrits dans *Jolly LLB*. Ils sont les personnes ou peut-être les "parasites" pour beaucoup qui sont attirés par les espaces éclairés de la ville pour échapper aux possibilités d'emploi désolées et stériles des zones rurales, sont marginalisés ou invisibles. L'annonce récente de la prise en charge de la réhabilitation des bidonvilles par Adani revient à dire que nous vivons dans une nation qui fonctionne comme une entreprise, au gré des caprices de certaines sociétés. Le *milliardaire Raj*, comme l'indique le titre et comme l'indique un autre livre qui porte le même nom, la politique de la pauvreté ne semble pas près de disparaître. Il est temps que la politique indienne se réveille et prenne des mesures en faveur de la population et qu'elle s'engage dans la voie d'un développement égalitaire. Les données gouvernementales montrent que la pauvreté et le chômage ont diminué, mais les données relatives à la sécurité alimentaire et à l'indice de la faim montrent que nous sommes tombés plus bas que le Bangladesh et le Pakistan et, tout en parlant de la troisième économie en tant que garantie, la nation que nous, Indiens, aimons troller pour beaucoup, le Bangladesh nous a devancés certaines années en ce qui concerne le revenu par habitant ! On peut invoquer un sophisme logique en disant qu'il faut regarder leur population et la nôtre, ce qui est une excuse commode pour ne pas oublier que le Bangladesh a lui aussi une population importante, sans commune mesure avec la nôtre, mais nous l'utilisons comme bouclier de notre fierté, sans nous préoccuper des 800 millions de personnes qui reçoivent des rations gratuites pour le covid, mais plutôt en prêchant à ce sujet. Regardez comme c'est une réussite ! La flagornerie et la rhétorique n'ont pas de limite, et même le président en exercice et les opposants s'en rendent coupables. Oubliez la politique économique des graphiques K ou V, les gens partout dans le monde ont besoin d'une couverture de base et l'Inde n'est pas différente, luttant depuis plus de 200 ans.

L'I.P.L. (Indian Political League) de l'Inde de Hey Ram à Ram Rajya

La politique indienne a un dicton très célèbre qui dit *"aaya ram, gaya ram"* et qui est basé sur une personne nommée Ram qui a changé plusieurs fois ou plus précisément environ 4 fois dans l'Haryana en une seule nuit. Pour en revenir à Churchill, il s'est toujours montré dédaigneux à l'égard des dirigeants indiens. Il croyait à ce que j'avais mentionné un peu plus tôt. La politique indienne est toujours considérée comme désordonnée, diverse et bizarre, les élections se déroulant sur une période de 44 jours dans un seul pays ! Imaginez ! Toutefois, tout cela pourrait changer si le mandat pour une seule nation, une seule élection est mis en place en Inde, qui sera la plus grande nation au monde à rendre cela possible. La politique indienne, en particulier, a toujours été caractérisée par le fait que le même homme change de parti politique sans se soucier de l'idéologie ou de la moralité de la démocratie en question. Dans les démocraties occidentales, cela serait inimaginable. En Inde, cependant, c'est plutôt comme si un joueur de l'Indian Premier League, dans la frénésie du cricket, le cirque estival indien, comme un carnaval enveloppé dans le sport, changeait les couleurs de son maillot pour le parti qui lui profite le plus, comme le maillot d'une franchise. La prédiction de Winston Churchill n'aurait pas pu être plus prophétique et plus adaptée à la démocratie indienne. Le pourcentage d'affaires criminelles contre les membres de notre parlement est discuté jusqu'à Singapour en Asie du Sud-Est. Il est vrai que l'Inde et son dirigeant actuel, dont l'image est plus grande que nature, ont également gagné en reconnaissance et en notoriété auprès des nations occidentales qui cherchent à courtiser une Inde soi-disant "démocratique" pour contrer la position agressive d'une société autocratique comme la Chine. La fondation de notre pays s'est elle-même appuyée sur certains événements, sur le leadership de personnes qui pourraient être remises en question, mais en leur donnant la possibilité d'être les premiers gardiens de la société, le cadre de la démocratie indienne a été mis en place, quelle que soit sa fragilité ou les problèmes qu'elle peut rencontrer. L'idée même que l'Inde puisse être une démocratie avec ses propres faiblesses n'a jamais été envisagée dans le domaine de la psyché des hommes blancs anglais. Les "**Wogs**", comme on nous appelait en dehors des "**Pakis**" en termes d'insultes raciales à l'égard des peuples du sous-continent, continuent, malgré leur démocratie chancelante, à lutter et à se battre, même si, ces dernières années, les affirmations sur la liberté des médias et la qualité de la démocratie ont été remises en question par les groupes de réflexion occidentaux, les chaînes de médias, etc. Aujourd'hui, le pays de ces maîtres coloniaux, en particulier l'Angleterre et sa capitale, est surnommé le "Londonistan". *Le mandat de Sadiq Khan à Londres, dont les origines ancestrales sont pakistanaises, et de Rishi Sunak au 10 Downing Street, alors que l'économie de l'Angleterre est en train de sombrer et que les crimes se multiplient, dont la peur a poussé le joueur de cricket anglais Kevin Pietersen, né en Afrique du Sud, à se débarrasser de sa montre-bracelet par crainte d'une agression, aurait certainement fait se retourner Winston Churchill dans sa tombe.* Pour en revenir à l'Inde, la plus grande démocratie du monde, elle est encore de nature féodale, la dynamique du pouvoir est encore entre les mains de quelques-uns et les questions d'identité attribuée aux personnes appartenant aux tribus, aux dalits et aux namashudras ou aux castes inférieures sont encore une question que nous n'avons pas été en mesure de trouver. Nehru, premier premier ministre de l'Inde, était quelqu'un qui, bien que proche de Gandhi, avait sa propre façon d'être anglophile et son approche était élitiste et, faute d'un meilleur mot, anglicisée ou occidentalisée, tout comme Md. Ali Jinnah, qui fut ironiquement le pionnier de la création du Pakistan, voulait une terre séparée pour les musulmans, même s'il était accro à la cigarette et à l'alcool. Tout compte fait, la religion a été au cœur de l'identité politique indienne pendant un certain temps, depuis l'époque précoloniale, avant d'être utilisée par les colonisateurs européens ou britanniques comme la troisième et dernière force à laisser son empreinte ou sa marque indélébile. La construction du temple d'Ayodhya, la création de Ram Rajya ou, plus important encore, Hey Ram, en tant que signe de salutation, est devenu le signe d'une identité politique qui s'aligne sur le spectre supposé de la droite de la politique indienne. Ironiquement, c'est le même mot **Hey Ram** qui a été prononcé par Gandhi après la partition du pays par un ultra-droitier, Nathuram Godse, comme je l'ai déjà mentionné. Le temps a beaucoup passé sur le sous-continent indien et nous ne devrions pas commettre l'erreur de tomber dans le piège du socialisme ou du faux nationalisme. Les deux mélangés ont des effets de cocktail encore plus dangereux, comme le montre le tristement célèbre régime **nazi** qui a néanmoins changé la dynamique de l'histoire mondiale. Netaji Bose, le seul combattant indien de la liberté à avoir serré la main d'Adolf Hitler, avait déclaré : "Pour libérer mon pays, je suis prêt à passer un accord avec le diable". Gandhi et Subhas Chandra Bose étaient deux des plus importants combattants de la liberté en Inde, dont les messages apparents semblaient être aux antipodes l'un de l'autre. Cependant, un examen plus approfondi montre que leur pragmatisme et leurs principes ont été façonnés par les situations uniques auxquelles ils ont été confrontés pour obtenir l'indépendance de l'Inde.

Partie 3 : Le puzzle et l'énigme de l'Inde, où le passé rencontre le présent dans l'espoir d'un avenir meilleur.

Mythologie, légendes et dilemme sociopolitique indien

L'Inde est une terre de mythologie et de légendes qui nous a sans aucun doute aidés à définir notre identité collective et à lutter contre les envahisseurs et les colonisateurs. L'idée de l'Inde en tant que nation a un scénario d'identité attribuée, comme la plupart des nations post-coloniales, qui s'infiltre dans la société. C'est ainsi que toute l'idée de l'Inde a été sculptée sous forme d'histoires, de divisions en castes, d'aspersions identitaires et de "puzzle" collectif que nous appelons l'Inde ou les pièces que nous revendiquons comme nôtres historiquement mais qui ont maintenant été formées en tant qu'autres pays au sens territorial tout en conservant certaines racines de l'Inde et en essayant de s'assurer une nouvelle identité. Tout compte fait, l'Inde a poursuivi, poursuit et poursuivra très probablement la tradition des légendes et du folklore qui donnent à cette **"nation mirage et miracle"** le sentiment d'identité qu'elle a toujours recherché. Les cris de **Jai Shree Ram** ou **Bajrangbali** ne sont pas seulement des cris d'appartenance religieuse mais un cri désespéré et une tentative d'identité unificatrice à l'époque actuelle, tout comme Vande Mataram ou Jai Hind pendant notre lutte coloniale ou peut-être **"Jai Ekling Ji ki Jai"** ou **"Har Har Mahadev"** des Rajputs et des Marathas ou **"Allahu Akbar"**. Lorsque les Britanniques ou les Européens sont arrivés avec leur propre cri de guerre **"Pour le roi ou pour la terre"** et nous ont tous soumis, il était temps pour nous, les colonisés ou les soi-disant vaincus, de nous inspirer de notre passé et de chérir la glorieuse identité indigène qui n'a pas été altérée ou touchée par l'arrogance ou le complexe de supériorité dont font preuve les puissances impérialistes. Tout cela nous a ramenés à la recherche de nos glorieux héros, qu'ils soient masculins ou féminins, sous la forme de légendes de notre mythologie religieuse ou de notre folklore. L'histoire de Ma Kali, la déesse féroce dans laquelle se sont réfugiés les révolutionnaires de l'Inde qui étaient à l'opposé de la voie gandhienne de la résistance passive et de la désobéissance civile. Il va sans dire que ce que Mohandas Gandhi, qui portait autrefois un costume et favorisait les Anglais contre la rébellion zouloue, aurait pensé de tout cela en dehors de leur philosophie. J'ai toujours pensé que si **Tipu Sultan, les Rajputs et les Marathas**, qui avaient tous des cris de guerre différents et possédaient leurs propres mythologies ou affinités religieuses en plus de leur propre folklore, s'étaient réunis, que se serait-il passé ? Dans un fantasme enfantin, nous aurions chassé les Européens et les Anglais en particulier. Avec l'aide des Français, Tipu Sultan avait déjà fait ses premiers pas dans l'utilisation de petites fusées et d'artillerie dans sa lutte contre les Anglais. L'idée de la forme occidentale de la nation, qui était évidente au Danemark et en Angleterre, est généralement discréditée en Inde parce que les concepts occidentaux de nation basée sur la territorialité n'ont jamais été évidents en Inde sous **"One Flag, One Anthem and One Ruler" (un drapeau, un hymne et un dirigeant).** [21]Même l'année 1857, qui marque une bifurcation pour les historiens de l'Inde et de l'Occident, en particulier les Britanniques, sans parler des illustres historiens **Niall Fergusson** ou **William Dalrymple**, qui ont une classe à part, réduisent généralement cet événement temporel à un binaire. Le binaire de la narration indienne comme la "*première guerre d'indépendance indienne*" ou la narration occidentale/britannique "*Sepoy/Soldier Mutiny*". La réponse se situe quelque part entre les deux. Il est vrai qu'elle a eu l'effet d'une étincelle en réunissant une vaste étendue de territoire divisée par la géographie, la langue et la culture dans la révolte contre les Britanniques et qu'elle leur a donné une réponse inflexible, au moins dans un premier temps. De même, la ferveur nationale qui devait naître de cet événement ne s'est pas non plus manifestée dans la plupart des régions du pays comme on l'aurait souhaité ou attendu. Tout cela est hypothétique et si cela s'était produit, l'Inde aurait obtenu l'indépendance dans au moins plusieurs provinces, à l'instar des pays d'Amérique latine, ou un accord aurait été conclu. Cependant, l'événement de 1857 n'a pas été sans conséquences, tant à long terme qu'à court terme. L'effet à court terme a été que l'Inde est finalement passée sous la couronne britannique et a été connue sous le nom d'Inde britannique, et l'effet à long terme a été la façon dont la politique nationale a été façonnée. Nous avons commencé par ces chants de guerre, comme nous l'avons

---

[21] *https://www.newindianexpress.com/magazine/voices/2023/Sep/16/constitution-national-symbols-only-glue-that-bind-india-that-is-bharat-2614898.html*

mentionné précédemment, et après avoir suivi la voie gandhienne de la résistance passive et de la désobéissance civile sous son leadership de masse depuis le début des années 1900, en particulier au cours de la deuxième décennie, nous sommes revenus aux slogans, bien que Vande Mataram et Jai Hind aient également été présents.

L'Inde, une terre à prouver Vini, Vidi, Vici ? La chasse à la gloire sportive et culturelle.

Au cours de mes études en Allemagne, on se moquait de moi, même si ce n'était pas de manière vicieuse mais plutôt amicale, en me disant : "Où est l'Inde dans le monde du sport ? Le titre du livre traite de la voie gandhienne, de la politique et de la dynamique sociale de l'Inde, et c'est pourquoi le débat sur le sport n'a pas lieu d'être. La réponse consiste à dire que oui. Si l'on consulte les livres d'histoire du monde entier, on constate que toutes les nations colonisées, marginalisées ou soumises ont trouvé dans le sport le moyen de retrouver leur identité nationale et d'être fières de leur existence face à leurs oppresseurs. L'Inde, qui est devenue la nation la plus peuplée du monde en juin 2023 [22]environ, a connu une gloire sportive qui n'est pas toujours au rendez-vous. Quel est son lien avec le front politique indien ? La méthode gandhienne, qui consiste à recourir à des moyens pacifiques de violence politique, s'est infiltrée dans les masses et a donné naissance à un mouvement de masse. Cependant, cela a-t-il créé une culture de masse où les gens sont devenus plus passifs et plus faibles d'esprit, quelque part où l'accent n'a pas été mis sur la force physique mais sur la force mentale. Cette dernière a son importance, et l'on peut se demander comment la voie gandhienne justifie les performances de l'Inde dans le monde du sport. Il faut rappeler qu'une culture nationale joue un rôle très important dans la création d'un psychisme. Imaginez que vous affrontiez les Australiens, qui étaient historiquement une colonie de peuplement, avec un état d'esprit différent. Le jeu de la politique en Inde est devenu la politique des jeux ou des fédérations sportives en Inde. Outre la création d'une culture sportive de masse, qui aurait pu être et était nécessaire, il manquait ce qui était à l'avant-garde des révolutionnaires armés. Il nous a fallu des années pour

---

[22] *https://www.bbc.com/news/world-asia-india-65322706#:~:text=India's%20population%20has%20reached%201%2C425%2C775%2C850,census%20%2D%20was%20conducted%20in%202020*.

développer l'impact d'une culture sportive qui exigeait d'être physiquement agressif et d'avoir un esprit combatif, ce qui s'est probablement produit en 1983 avec le premier succès collectif de la Coupe du monde de cricket. Bien qu'avant cela, notre héritage avec l'équipe indienne de hockey masculin se soit poursuivi jusqu'aux Jeux olympiques de Moscou en 1980 et la première médaille d'un Indien, K.D. Jadhav, après l'indépendance[23]. Cependant, comme nous l'avons mentionné, nous aurions pu être quelque chose que nous n'avons pas pu être. Le film **"Maidaan"**, qui présente les défis posés par le développement du plus grand sport du monde, dont l'Inde est manifestement absente, met en lumière les problèmes auxquels le sport indien est confronté, y compris la politique du sport qui est mentionnée.[24] Concrètement, la question de la Wrestling Federation of India, où les lutteurs sont venus protester contre le harcèlement sexuel de Brij Bhushan, le président de l'époque, n'a abouti à rien d'autre qu'au remplacement de ce dernier par son fils à la tête de l'organisation. Les problèmes concernent d'autres fédérations sportives de l'Inde, notamment la All India Football Federation, où l'honorable Cour suprême de l'Inde a dû intervenir, la FIFA ayant temporairement banni l'Inde en raison de l'ingérence du gouvernement. Le khadi a fait son chemin dans le sport indien, où la méritocratie s'est à maintes reprises opposée au népotisme, comme en témoignent les films de Mumbai et d'autres industries cinématographiques régionales. En parlant de cinéma, je me suis souvenu de la déclaration de Satyajit Ray dans son interview : *"Le public indien est arriéré"*. Il y a une certaine simplification dans cette affirmation, mais il va sans dire que l'idée peut rester vraie. Les films musicaux indiens peuvent encore être considérés avec une certaine adoration ou avec un certain dédain pour beaucoup de ceux qui se trouvent au-delà de nos frontières. Cependant, il y avait une raison à cela : faire avancer nos histoires pour les masses de gens qui, de toute évidence, ne sont pas Français ou Allemands dans leur façon de regarder les films. Les films percutants en Inde n'obtiennent généralement pas ce genre de patronage parce qu'en général, il semble que nous ne nous sentions pas déprimés par la réalité et que le cinéma

---

[23] <u>https://olympics.com/en/news/wrestling-first-indian-win-olympic-medal-1952-kd-jadhav</u>
[24] <u>https://www.thehindu.com/news/national/delhi-court-frames-charges-against-ex-wfi-chief-brij-bhushan-singh-in-sexual-harassment-case/article68199335.ece</u>

soit perçu comme un simple moyen d'échapper à la réalité. C'est ainsi que les films "masala" de Mumbai comportent un peu de chansons, de musique, de danse, de drame, de violence, qui sont montrés de manière éparse pour illustrer les diverses aspirations de la société et la façon dont elles sont vécues en Inde. De **"Maachis"** à **"Udaan",** quelques films ont été réalisés par l'industrie de Mumbai, en plus des joyaux issus des films malayalam, marathi, bengali, tamil, gujarati et telugu, etc. Un Oscar n'est pas nécessairement une référence pour un film indien, qu'il s'agisse d'un film d'origine indienne ou d'un film entièrement réalisé en Inde ou à partir de l'Inde. La question est de savoir si, en tant que société, nous sommes prêts à réaliser des films qui soulèvent des questions telles que "Mon frère Onir".

Ek Bharat, Shrestha Bharat : One Nation-One Election au Code civil uniforme, le concept de "diversité dans l'unité" de l'Inde est-il en train d'être simplifié ?

L'idée de l'Inde est celle d'une diversité qui a été une cause de célébration mais aussi de conflits. Le concept d'indianité ou de nation a toujours été un défi dans les pays colonisés. Dans un pays comme l'Inde, ou peut-être le Nigeria et de nombreux autres pays d'Afrique et d'Asie, l'idée de l'indianité a été cultivée, mais cela ne veut pas dire qu'elle n'existait pas. Ces éléments étaient présents, mais pas sous la forme de frontières territoriales, d'un drapeau, d'un hymne et d'un passeport unifié pour voyager. Comme nous l'avons mentionné, ces éléments ont été apportés d'une manière nouvelle et occidentalisée et n'étaient rien d'autre que des vestiges coloniaux emballés dans un paquet cadeau pour une nation post-coloniale. Après 75 ans d'indépendance et de république, la notion de *"Bhartiya"* est devenue un véritable défi. On peut dire que le premier leader indien à avoir réellement réussi à émouvoir les masses dans ce sens est Gandhi, qui a donné son titre au livre. Il y avait des dirigeants populaires dans toute l'Inde, mais celui qui pouvait vraiment faire bouger les gens dans toute l'Inde était limité à certaines régions. Ce vide, qui a toujours existé, a été comblé pour la première fois par Gandhi, qui avait sa propre manière non violente et moralement limitée de lutter pour l'autonomie. Ce type d'approche, qui ne menaçait pas l'empire britannique en raison de la violence ou de l'approche orientée vers l'attaque adoptée par les révolutionnaires, lui a également permis d'être propulsé par les médias et la presse en Inde et à l'étranger, tandis que les révolutionnaires étaient qualifiés de terroristes ou transformés en éléments marginaux. Le livre de Sanjeev Sanyal a déjà présenté l'idée des révolutionnaires et leur façon de lutter pour la liberté, qui était aux antipodes de la méthode gandhienne. Ramachandra Guha a parlé de l'Inde et de son essence dans le cadre de la construction de la conscience nationale avant et après Gandhi, mais peut-on imaginer une Inde sans Gandhi ? C'est là que le livre tente de trouver la signification de l'Inde et ce, sans Gandhi ou l'essence de Gandhi, ce qui est une tentative.

Le mode de vie indien n'a jamais vraiment existé, à l'instar d'une conscience nationale qui se battrait pour une parcelle de terre géographique. Elle était présente sous la forme d'échanges culturels et de voyages qui se sont déroulés de manière organique, car il n'y avait pas de barrières en tant que telles. Cependant, dès le début de l'histoire de la civilisation humaine du sous-continent, des différences en termes de civilisation ont commencé à apparaître sur une période de plusieurs milliers d'années, qui s'est accélérée avec l'arrivée d'envahisseurs, de pillards ou d'étrangers. Ce type d'histoire se retrouve dans l'histoire de chaque nation, qui existe plus ou moins dans le monde entier. Aujourd'hui, la question de l'uniformisation de l'Inde en termes de droit, de langue, d'habitudes alimentaires et d'identité nationaliste est un projet du BJP (Bharatiya Janata Party), le parti au pouvoir. L'idée d'une mobilisation de masse de l'ensemble de l'Inde a été lancée par Gandhi. Il s'agit du premier mouvement national à quelque niveau que ce soit, qui a atteint son apogée lors du mouvement de non-obéissance de 1922. La dernière tentative de ce type remonte à 1857, année où, pour la première fois sous l'ère impériale, le peuple s'est mis en mouvement, non pas dans toute l'Inde, mais dans certains quartiers où la question de la participation des civils pouvait être remise en question, comme en témoignent les mentions du massacre de 1857 et de ses suites dans la région de Delhi à cette époque. Aujourd'hui, la question de l'unification de l'Inde en termes de création de politiques uniformes pour la nation n'est qu'une mesure prise par le gouvernement actuel qui souhaite redessiner une nouvelle Inde où la structure fédérale n'est plus une faiblesse mais plutôt une force. Cependant, la question reste toujours de savoir si nous pouvons simplifier la diversité de l'Inde en changeant simplement le cadre constitutionnel. L'Inde, nation en pleine mutation, est en train de vivre une période de changement, et son gouvernement politiquement élu tente de la réinitialiser, mais sera-t-elle rassurante ou chaotique ? C'est une question que nous ne connaissons pas, car la réponse se trouve dans l'avenir, mais notre recul dans l'indice de démocratie et la réaction du gouvernement qui a créé son propre indice sont des signaux qu'il faut lire entre les lignes. L'Inde possédait des éléments de démocratie avant la colonisation et nous devrions veiller à l'avenir à ce qu'elle ne soit jamais perdue à nouveau. Ce pragmatisme s'est manifesté par sa capacité à modifier ses stratégies en fonction de l'évolution du climat politique, tout en restant fidèle à ses convictions fondamentales en matière de non-violence et d'auto-purification. En revanche, Netaji Bose, un nationaliste plus militant, pensait que la lutte armée était nécessaire pour obtenir la liberté de l'Inde. Ce pragmatisme s'est traduit par la conclusion d'alliances avec des puissances étrangères telles que l'Allemagne nazie et le Japon impérial, afin d'obtenir leur soutien à sa cause. C'est ce que résume la célèbre citation de Bose : "Donnez-moi du sang et je vous donnerai la liberté" : "Donnez-moi du sang, et je vous donnerai la liberté", qui démontre sa conviction que la résistance armée contre la domination britannique doit être menée. Cependant, malgré ces différences entre l'approche de Gandhi et l'attitude de Netaji, les deux hommes se sont efforcés d'atteindre le même objectif : l'émancipation de la domination coloniale en Inde. Ils ont développé leurs idéologies respectives grâce à leur expérience de la vie et aux défis rencontrés au cours du processus de lutte pour la souveraineté. Les masses ont été galvanisées par la position non violente de Gandhi, qui a gagné la sympathie du monde entier pour la cause indienne, tout en restant suffisamment pragmatique pour s'éloigner de certains principes fondamentaux lorsque la dynamique politique changeait autour de lui. En revanche, Bose se rendit compte que l'approche pacifiste ne pouvait pas fonctionner dans le cadre des barrières britanniques, surtout si l'on souhaitait un résultat immédiat.

En fin de compte, Gandhi et Bose ont tous deux joué un rôle majeur dans la construction de la nation indienne dans le contexte de la lutte pour la liberté. Cela montre à quel point leurs idéologies étaient différentes et à quel point ils étaient tous deux pragmatiques dans la gestion des circonstances relatives à la liberté de l'Inde. Gandhi et Subhas Chandra Bose étaient deux des plus importants combattants de la liberté en Inde, dont les messages apparents semblaient être aux antipodes l'un de l'autre. Cependant, un examen plus approfondi montre que leur pragmatisme et leurs principes ont été façonnés par les situations uniques auxquelles ils ont été confrontés pour obtenir l'indépendance de l'Inde. Gandhi, quant à lui, connu pour son mouvement de désobéissance civile non violente, a adopté la voie d'une transition pacifique vers l'autonomie. Sa philosophie du Satyagraha, fondée sur la vérité et la non-violence, a touché le cœur des gens et a également permis d'obtenir un soutien international pour le mouvement d'indépendance de l'Inde. Ce pragmatisme s'est manifesté par sa capacité à modifier ses stratégies en fonction de l'évolution du climat politique, tout en restant fidèle à ses convictions fondamentales en matière de non-violence et d'auto-purification

En revanche, Netaji Bose, un nationaliste plus militant, pensait que la lutte armée était nécessaire pour obtenir la liberté de l'Inde. Ce pragmatisme s'est traduit par la conclusion d'alliances avec des puissances étrangères telles que l'Allemagne nazie et le Japon impérial afin d'obtenir leur soutien à sa cause. C'est ce que résume la célèbre citation de Bose : "Donnez-moi du sang et je vous donnerai la liberté" : "Donnez-moi du sang et je vous donnerai la liberté", qui démontre sa conviction que la résistance armée contre la domination britannique doit être menée. Cependant, malgré ces différences entre l'approche de Gandhi et l'attitude de Netaji, les deux hommes se sont efforcés d'atteindre le même objectif, à savoir l'émancipation de la domination coloniale en Inde. Ils ont développé leurs idéologies respectives grâce à leur expérience de la vie et aux défis rencontrés au cours du processus de lutte pour la souveraineté. Les masses ont été galvanisées par la position non violente de Gandhi, qui a gagné la sympathie du monde entier pour la cause indienne, tout en restant suffisamment pragmatique pour s'éloigner de certains principes fondamentaux lorsque la dynamique politique changeait autour de lui. En revanche, Bose se rendit compte que l'approche pacifiste ne pouvait pas fonctionner dans le cadre des barrières britanniques, surtout si l'on souhaitait un résultat immédiat. En fin de compte, Gandhi et Bose ont tous deux joué un rôle majeur dans la construction de la nation indienne dans le contexte de la lutte pour la liberté. Cela montre à quel point leurs idéologies étaient différentes et à quel point ils étaient tous deux pragmatiques dans la gestion des circonstances relatives à la liberté de l'Inde.

Partie 4 : La danse de la démocratie?

Les médias, quatrième pilier, ou comment être le porte-fouet du cirque dans une démocratie apparemment kangourou : Sécurité alimentaire, démocratie ou liberté des médias : pourquoi glissons-nous vers le bas ?

La question de l'uniformisation d'une nation comme l'Inde à bien des égards, afin de créer un sentiment de nationalisme unifié, est une question dans laquelle les médias ont un rôle immense à jouer. Apparemment, la question que j'avais posée dans le chapitre précédent et à laquelle j'ai mis fin a été déplacée dans ce chapitre. L'uniformité de l'Inde n'a jamais été naturelle, et c'est la diversité qui nous a définis. Le concept de nation était également faible, ce qui peut être empiriquement difficile à prouver ou même à réfuter, mais si nous regardons l'histoire de l'Inde ou même du sous-continent, elle peut être considérée comme un morceau de terre qui a été le favori des maraudeurs. Ce morceau de terre décousu, où les intérêts égoïstes et la corruption ont été utilisés à maintes reprises, a été exploité de la meilleure façon possible par les puissances coloniales européennes, en particulier le Raj britannique. Conquérir cet immense territoire et le contrôler directement n'a jamais été possible pour aucune puissance et n'a pas non plus été tenté par la puissance impériale. L'idée était plutôt de donner un sentiment de contrôle alors que les Britanniques contrôlaient les ressources et leur utilisation, ainsi que ce que l'on appelle la "parole des nôtres" sous le drapeau de l'Inde britannique dans le contexte mondial. La nation postcoloniale que nous avons aujourd'hui fonctionne encore sur certains principes empruntés à ce contexte. L'idée des administrateurs britanniques a été remplacée par le gouvernement central et le sens de l'autonomie limitée a été remplacé par le gouvernement de l'État. Ce type de système de centralisation-décentralisation existait également dans les temps anciens, mais tout ce prélude historique vise à donner une idée de l'endroit et de la manière dont le concept de création d'une uniformité pour la nation et l'administration est un projet qui est un peu délicat à mettre en œuvre en Inde et qui ne peut pas être traité aussi facilement. L'idée d'unir l'Inde dans une lutte de masse tout en conservant un contraste distinct sous la forme d'un mouvement de liberté non violent était un facteur uniforme à l'époque de l'indépendance. L'Inde et de nombreuses autres nations coloniales ont modifié dans une large mesure les modalités de l'indianité dans leurs pays respectifs, même si le contexte peut varier. Au milieu de tout cela, il y a l'équation des médias. Ces derniers temps, les médias indiens ont perdu une immense crédibilité en tant que médias "Lib****du" s'ils penchent à gauche et contre le gouvernement actuel ou médias "Godi" [25] qui sont plus proches du discours gouvernemental et peuvent être superficiellement à droite de l'échiquier. Quoi qu'il en soit, le concept de diversité de l'Inde a toujours été mis en exergue en termes de régionalisme, prenant le pas sur les questions d'intérêt national, que ce soit à l'époque coloniale ou postcoloniale. Cependant, au milieu de tout cela, le rôle des médias a été crucial pour l'Inde, même sous le Raj britannique, et la notion de médias biaisés en faveur du Raj britannique pourrait être évidemment comprise comme étant dirigée par les oppresseurs. Mais qu'en est-il de la période qui a suivi l'indépendance ? Les médias jouent-ils un rôle suffisant, en particulier lorsque notre démocratie est sujette à caution et qu'elle s'est étrangement concrétisée, dans une large mesure. Le changement de couleur politique, à l'instar des maillots de sport dans une démocratie féodale multipartite comme la nôtre, a une incidence très importante sur le rôle des médias. Il est également vrai que les médias tombent aujourd'hui sous le coup de leur propre partialité, qu'ils soient favorables ou opposés au gouvernement. L'idée pour nos médias est d'exposer les faits et de ne pas être partiaux, que ce soit du point de vue occidental, qui est contre nos principes démocratiques, ou du point de vue de l'histoire révisionniste de l'Inde, qui est vendue comme notre fierté nationale. Les médias restent importants dans un pays où la responsabilité de nos dirigeants élus et sélectionnés dans le fonctionnement de la démocratie est encore sujette à caution. Dans un pays où notre indice de liberté est remis en question, tout comme notre

---

[25] https://www.rediff.com/news/column/aakar-patel-will-godi-media-change-in-modi-30/20240628.htm

classement en matière de sécurité alimentaire, il est temps que les médias ne se contentent pas de souligner les défauts du gouvernement ou les réalisations, mais qu'ils essaient plutôt de comprendre pourquoi nous sommes toujours à la traîne. Les médias ont joué un rôle important, même à l'époque de la lutte pour la liberté, lorsque Gandhi, Netaji et des millions d'autres personnes faisaient l'objet d'une couverture médiatique. Les problèmes de l'époque ont été posés même si la question de la moralité s'est posée. Toutefois, à l'heure actuelle, le rôle des médias devrait être de trouver les raisons pour lesquelles et où l'Inde a été défaillante plutôt que de créer un journalisme sensationnel ou d'investigation qui se démarque différemment.

Le népotisme fait trembler certains, le talent ou la méritocratie plus tard, alors où est la démocratie en Inde ?

La question de la démocratie indienne, qui peut être critiquée et l'a été par les commentateurs occidentaux ou ceux qui ont reçu une éducation occidentale, est un processus continu. La nature dédaigneuse de Churchill à l'égard du droit des Indiens à l'autonomie s'explique peut-être par la façon dont notre histoire s'est déroulée. À l'instar de l'Afrique, l'Inde, comme de nombreuses régions d'Asie et même certaines parties de l'Europe pré-contemporaine, a éprouvé des difficultés à forger une conscience nationale. Les Britanniques avaient coutume de dire **que "le soleil ne se couche jamais sur l'Empire britannique"**, mais c'est bien ce qui s'est passé et aujourd'hui, ironiquement, il est dirigé par un homme d'origine indienne qui, bien qu'il ne puisse être considéré comme un Indien de par sa citoyenneté, a certainement vu ou s'est naturellement imprégné des principes hindous indiens, selon ses propres termes. La démocratie indienne est née après la lutte non seulement contre les Britanniques, mais aussi pour renverser le système féodal en place depuis des siècles, consolidé par le sultanat de Delhi et l'empire moghol au cours des années intermédiaires de la deuxième vague de l'histoire indienne, qui avait commencé avec les royaumes hindous après la vallée de l'Indus et la civilisation dravidienne. Cela peut sembler réducteur en termes d'histoire, mais il ne s'agit pas d'un article historique, alors ne nous égarons pas. La question soulevée dans ce chapitre est celle de la qualité et de la santé de la démocratie indienne. Sur le papier, bien que nous soyons considérés comme la plus grande démocratie du monde, ce qui est né comme un miracle et qui nous est précieux doit être préservé. L'Inde, considérée comme la figure paternelle de la démocratie en Asie du Sud en raison de son histoire religieuse et politique, a connu plusieurs épisodes de violence religieuse qui ont abouti au plus grand déplacement humain du monde sous la forme de la partition et de la nation pakistanaise. La situation ne s'est pas arrêtée là puisque les valeurs de la démocratie indienne, née de l'assemblage de 562 États princiers comme un puzzle, ont été remises en question et menacées[26]. La valeur de la démocratie indienne réside dans le fait que, malgré son caractère parfois violent dû aux vestiges féodaux de notre société et à la corruption dans la politique indienne, elle n'a pas encore été déracinée, contrairement à de nombreuses nations africaines et à certains pays asiatiques. On dit de la démocratie indienne qu'elle est orientée vers la famille ou népotique, comme beaucoup d'autres secteurs, et elle a également été qualifiée d'autocratie récemment sous Narendra Modi, avec beaucoup plus de bruit qu'elle ne l'aurait été sous le régime d'Indira Gandhi. L'approche modérée ou plutôt timide des dirigeants indiens sous Nehru ou même Gandhi, qui a été critiquée, nous a peut-être donné le tempérament national nécessaire pour résister plutôt que de sombrer dans les effusions de sang et les guerres civiles, ce qui, selon de nombreux théoriciens occidentaux, serait l'avenir de l'Inde, nouvelle nation née d'une civilisation de cinq millénaires d'histoire, de culture, d'art, d'effusions de sang et d'évolution. La question du recul de la démocratie indienne dans le récent classement et le fait que l'Inde soit l'objet de controverses et de critiques en tant qu'autocratie et république bananière n'est peut-être qu'une invention de l'époque actuelle. Il ne faut pas oublier que le sous-continent indien possède les éléments d'une démocratie qui fonctionne bien et une riche tradition d'administration qui n'est peut-être pas conforme aux normes occidentales, mais qui contient des éléments ou des déterminants des principes nécessaires à une société démocratique bien huilée. Le problème majeur de notre démocratie aujourd'hui est que nous restons bloqués sur les questions de caste, de féodalisme et, bien sûr, d'identité religieuse. Ce sont des facteurs qui ne peuvent pas être effacés immédiatement, comme ce fut le cas au cours des 75 dernières années. La démocratie indienne est diverse et le concept du droit de vote universel des adultes, qui peut être critiqué, n'est pas une source de faiblesse mais plutôt une force. Si les marginaux n'ont pas voix au chapitre, la démocratie n'existe pas. Churchill, qui n'appréciait guère la démocratie, en particulier dans les colonies, a constaté que l'Inde avait créé la plus grande démocratie du monde, dans laquelle la

---

[26] *https://www.theweek.in/theweek/leisure/2023/07/29/john-zubrzycki-about-his-new-book-dethroned.html*

nation indienne entraîne tout le monde, ou du moins essaie de le faire. Nombreux sont ceux qui ont été déçus par le système, mais beaucoup plus nombreux encore sont ceux qui ont fait entendre leur voix. L'Inde change et évoluera avec la prochaine génération d'Indiens qui sera exposée à l'information et aux médias qui doivent être véridiques.

Le miracle de la gestion de la nation d'un pays puzzle

L'Inde, cette nation qui a été rejetée par de nombreux commentateurs et experts occidentaux, y compris les maîtres impériaux, comme nous l'avons déjà mentionné, est un miracle. Une nation comme l'Inde, qui naît comme un miracle, est née d'un processus hâtif et chaotique d'assemblage des puzzles de 562 États princiers. Les trois régions à problèmes d'Hyderabad, de Junagadh et du Cachemire ont bien sûr été rejointes après les drames et les effusions de sang qui ont suivi la partition d'un espace culturel que nous appelions l'Inde mais qui avait été créé à partir de l'Inde britannique[27]. La structure fédérale de notre nation, qui est née des provinces et a ensuite été transformée en États sur une base linguistique. Le facteur de diversité de l'Inde, s'il est examiné et comparé, malgré les pertes occasionnelles de vies humaines et de biens, l'extrémisme et les émeutes, a toujours été géré précédemment. C'est là que nous avons eu des problèmes au Pendjab, dans le Nord-Est, au Cachemire, et ce sera peut-être là à l'avenir, mais la manière dont la taille et la diversité de cette construction postcoloniale basée sur une civilisation de la diversité ont été gérées doit être et est prise en compte par beaucoup, y compris par les sceptiques. De nombreuses nations post-coloniales, à l'exception des États-Unis, n'ont pas pu conserver les principes démocratiques auxquels elles aspiraient dans leur lutte pour la liberté politique et l'indépendance. Cependant, l'Inde se tient debout, forte et fière, malgré les critiques sur le déclin de notre démocratie à de nombreuses occasions. Pourquoi ? Le mécanisme électoral en Inde, malgré ses propres problèmes, reste un exercice précieux et apprécié qui permet au moins de faire tourner la roue du concept de démocratie. L'Inde a suscité l'admiration du monde entier en utilisant la diversité démocratique, qui est la plus élevée au monde. Sans oublier la portée du processus démocratique en Inde qui, malgré ses lacunes, a réussi ou

---

[27] *https://scroll.in/article/884176/patel-wanted-hyderabad-for-india-not-kashmir-but-junagadh-was-the-wild-card-that-changed-the-game*

du moins essayé d'atteindre tous les coins et recoins du pays. L'Inde n'avait qu'une seule âme au vu de l'expérience de la nation au cours des 5 000 ans d'histoire enregistrée [28] mais l'épreuve du destin de l'époque coloniale et même avant cela, depuis l'ère du sultanat de Delhi, a commencé à créer des lignes très ténues dans la nation qui sont devenues trop grandes et trop prononcées lorsque la nation a obtenu sa forme finale d'indépendance politique. Sans la puissance de Sardar Patel, en particulier pendant la phase de négociation lorsque les Anglais cherchaient à partir précipitamment après la Seconde Guerre mondiale, l'Inde aurait pu donner naissance à environ 5-6 nations ou même plus, tout comme après la désintégration de l'Union soviétique, elle a donné naissance à 15 nations[29]. La Russie est le successeur légitime de l'Union soviétique, qui s'est effondrée, et la partition sanglante de l'Inde britannique entre le Pakistan et le Bangladesh s'est déroulée de la même manière, sans oublier que certaines pièces de ce puzzle n'avaient pas trouvé leur place. Tout compte fait, il s'agit de parties connues de notre histoire. Cependant, la diversité et les différences d'un pays comme l'Inde sont comme les différentes pièces d'un puzzle. La création des principes démocratiques et la manière dont le système démocratique a été créé tournent généralement autour de quelques personnes. Toutefois, après la disparition de Sardar Patel, l'inclusion de Goa, Diu, Dadra et Nagar Haveli, Sikkim n'ont pas moins d'importance que Hyderabad, Junagadh et le Cachemire, comme nous l'avons déjà mentionné. L'émergence de la nation sous la forme d'un territoire délimité, d'un drapeau et d'un hymne a déjà été mentionnée, mais le concept de ce type de nation s'est répandu et a été imprimé à la manière occidentale dans le monde entier, en particulier dans les régions colonisées du monde telles que l'Asie, l'Afrique et les Amériques. Le concept précieux du droit de vote, qui détermine le mode de fonctionnement de l'administration, a une incidence considérable sur la façon dont le monde se dessine dans le scénario de l'après-guerre. L'Inde, la formation des pièces a conduit à la création de la plus grande démocratie du monde en termes de population n'est qu'une étape. Cependant, le conflit entre le centre et l'État dans la

---

[28] *https://www.nature.com/articles/550332a*
[29] *https://www.indiatoday.in/opinion-columns/story/narrative-uprooting-idea-of-india-disintegration-1917766-2022-02-25*

structure fédérale de l'Inde, où les problèmes se posent au sein d'un État ou entre les États, nous a permis de rester en vie en tant que nation, ce que Churchill a rejeté. À plusieurs reprises, le puzzle a eu l'impression qu'il pouvait se briser en morceaux et s'éparpiller tout autour, mais la force invisible de l'attention et de la tutelle douce ou parfois affirmée, comme les deux mains qui s'occupent d'un puzzle fini à emporter avec précaution, l'en a empêché. C'est la raison pour laquelle l'Inde existe en tant que nation miracle.

Avec plus de 1,4 milliard d'habitants, la taille est importante ! La qualité ne l'est pas tant que ça ? Comment décoder l'énigme des 3P+C (pauvreté, pollution, population et corruption) pour une croissance et un développement égalitaires ?

Dans une nation de 1,4 milliard d'habitants qui ne cesse de croître, l'idée de 3P+C nous a toujours frappés de plein fouet. Le problème de l'augmentation de notre pauvreté, du moins en termes d'inégalité, est une question lancinante que nous devons examiner en premier lieu. En vérité, l'idée d'une inégalité supérieure à celle de l'époque coloniale qui a vu le jour récemment est une honte pour les combattants de la liberté et le sang versé pour le mouvement de libération en Inde. Ce n'est pas que nous n'ayons pas réussi à réduire la pauvreté et que l'idée de l'extrême pauvreté ne soit pas étudiée, mais à l'autre bout du spectre se pose la question suivante : si l'Inde est vraiment en train de se développer, pourquoi 800 millions de personnes dépendent-elles encore de rations gratuites ? C'est plus que la population totale de l'UE et les $^{2/3}$ des Etats-Unis, imaginez cela et cela soulève la question de savoir pourquoi, après 7 décennies d'indépendance, nous devons encore comprendre que les problèmes que nous rencontrons sont liés à la pauvreté chronique. Il est vrai que les questions de pauvreté se sont vues attribuer un statut de pauvreté multidimensionnelle, mais de sérieuses questions se posent sur la pauvreté, bien que l'Inde soit le deuxième pays au classement des nations qui ont sorti les gens de la pauvreté. L'absence de répartition des ressources du pays entre les différents segments de la population est la cause de l'échec de l'Inde, et la réponse se trouve à la fois dans les cercles politiques et dans le dénominateur de la corruption. On fait beaucoup de bruit autour de l'Inde dans le monde en disant qu'elle va devenir la troisième plus grande nation du monde en termes de PIB nominal, mais cela n'a aucune importance lorsque l'argent n'est distribué qu'au sommet et que même l'effet de ruissellement vers le bas de l'échelle est pratiquement inexistant. Le problème reste que la population indienne est encore majoritairement pauvre, ce qui n'est peut-être pas endémique à l'Inde mais que l'on retrouve dans la plupart des nations post-coloniales[30]. L'Inde a besoin de se développer, mais le prix de la croissance doit être remis à chacun, et cela reste sur le papier. En effet, c'est plus facile à dire et à faire en théorie qu'en pratique, mais les questions soulevées sur la pauvreté sont celles où notre nation a encore échoué. L'autre problème que pose la croissance est celui de la pollution et du changement climatique. Bien que l'Inde soit le seul pays à être en phase avec les engagements pris lors du sommet de Paris sur le climat, en 2016. L'augmentation de la température dans les zones urbaines des villes indiennes est un autre sujet de préoccupation, l'Inde se trouvant au centre du spectre des risques associés au changement climatique. La question de la pollution et de la pauvreté est liée à la population "gargantuesque" de l'Inde, qui occupe la première place, et aux immenses problèmes qui en découlent ([31]). Ce n'est pas qu'il n'y a pas d'espoir, et nous ne pouvons pas spéculer négativement, mais les questions sont pertinentes et ont déjà été soulevées. Les problèmes d'épuisement des eaux souterraines dans la ville de Bengaluru, surnommée la "*Silicon Valley de l'Inde*", rappellent les horreurs auxquelles la ville du Cap a été confrontée dans un passé proche. La qualité de vie en Inde est donc un problème auquel nous sommes confrontés et le simple exode des personnes à haut revenu net qui ont quitté l'Inde est le plus important. L'exode des citoyens s'est produit en Inde, malgré la rhétorique du dépôt de cerveaux et d'autres propagandes que nous avons pu entendre dans les médias ces derniers temps. Dans le contexte de la pollution et de la population, des millions de personnes sont encore marginalisées dans la société. Cela peut s'expliquer par le fait qu'en Inde, où nous sommes fiers de notre civilisation et de notre gloire passées, le concept d'inégalité a été normalisé pendant une longue période. L'ère préindustrielle de l'Inde,

---

[30] *https://www.bbc.com/news/world-asia-india-68823827*
[31] *https://m.economictimes.com/news/economy/indicators/india-to-emerge-as-an-economic-superpower-amid-impending-global-economic-landscape/articleshow/110418764.cms*

où la religion et le karma occupaient une place prépondérante dans le discours de la société indienne, avait normalisé la pauvreté en termes de péchés de la vie passée. Le mode d'économie gandhien était également moins axé sur le matérialisme et l'industrialisation, l'accent étant mis sur le développement industriel à petite échelle en termes de fabrication de textile par la roue (Charkha[32]). Il y a des inconvénients à cela, car il y a un lien avec l'âme, mais nous avons pris du retard en termes d'industrialisation lourde et de développement du secteur manufacturier, ce qui a entraîné une grave crise de l'emploi qui n'a fait que s'aggraver au cours de la dernière décennie, sans parler des pressions inflationnistes, alors que nous parlons d'être une puissance mondiale à l'heure actuelle.

---

[32] *https://www.newindianexpress.com/web-only/2023/Oct/14/welfare-of-all-rather-than-profit-for-a-few-why-gandhian-ideas-can-still-guide-economic-policies-2623932.html*

Nous avons atteint l'espace depuis le pays des vaches grâce à la bravoure de quelques-uns et où allons-nous maintenant dans le monde technocratique ?

Dans la nation indienne, les livres d'auteurs tels que Baisham "**The Wonder that India Was**" ou V.S. Naipaul "**A Wounded Civilization**" parlent du passé glorieux et de la façon dont nous nous sommes dégradés, tandis que des livres tels que "**Indian Summer**" et "**Dethroned**" expliquent avec de brillants détails comment la nation indienne en est venue à être mal (gérée) et reprise sous la forme de l'Inde de la masse continentale que nous connaissions avant la domination coloniale ou l'impérialisation. Même les travaux de Dalrymple se sont concentrés sur les nuances du Raj moghol et britannique, où l'accent sur l'avenir et la résurgence n'était pas un thème. Cette question a été traitée dans des ouvrages rédigés par *M. Nilekani, Shashi Tharoor, S. Jaishankar, M. Kalam* et d'autres. Maintenant, si les lecteurs se demandent s'il s'agit d'une liste de lecture ou d'un nouveau chapitre. Attendez ! Les progrès de l'Inde dans le passé n'ont peut-être pas été bien documentés, en particulier les connaissances de l'antiquité qui ont été perdues dans le jeu de la civilisation et de la conquête. La question se pose toujours de savoir ce qu'il en est des travaux scientifiques où les connaissances et les sciences de l'époque précoloniale et de l'époque coloniale peuvent nous aider à comprendre notre parcours dans les temps modernes, en particulier dans les domaines de l'espace, de la médecine, de l'information ou de la nanotechnologie.[33]. En termes de fabrication électronique et de fabrication de puces, l'Inde est à la traîne, alors que la Chine, le Japon et la Corée du Sud ont montré l'alternative à l'Occident. Il ne s'agit pas de dire que l'Inde ne peut pas ou n'a pas le potentiel ou la capacité de

---

[33] https://www.news18.com/opinion/opinion-igniting-indias-job-engine-the-untapped-potential-of-manufacturing-8948962.html

fabriquer des produits tels que des téléviseurs, des machines à laver, etc. sous des marques indiennes. Toutefois, le cadeau d'*Onida, de BPL et de Videocon* semble s'être arrêté, car des géants mondiaux non indiens ont pris des parts de marché. Il en va de même pour l'industrie de la fabrication de téléphones portables, où **M.I.L.K. (Micromax, Intex, Lava, Karbonn)** s'est effondré en raison de l'assaut des téléphones portables chinois, et même dans le domaine de la fabrication de semi-conducteurs, nous avons fait les premiers pas. Il y a toujours une lueur d'espoir, en particulier avec les systèmes d'incitation liés à la production et l'accent mis par les politiques sur la fabrication nationale, qui est la nécessité de l'heure dans le scénario mondial du 21e siècle.[34] Le voyage spatial de l'Inde, qui a commencé de manière modeste, avec la célèbre photo de notre ancien président A.P.J. Kalam transportant une fusée à lancer sur sa bicyclette, est une image qui peut nous rendre fiers. Nous avons ensuite été la nation qui a atterri sur Mars lors de la première tentative et la première nation à se poser sur la face sud de la lune. Cependant, qu'en est-il des problèmes plus importants auxquels nous sommes confrontés et qui témoignent des défis que nous avons dû relever en tant qu'individus et non en tant que nation. La nation peut s'enorgueillir, mais c'est au niveau du système de soutien que nous sommes encore à la traîne et les failles structurelles qui sont apparues dans les travaux des universitaires ne sont destinées qu'à remplir les bibliothèques et à alimenter les discussions cognitives dans les cafés chics. Les personnes concernées, ou plutôt la classe bovine, sont apathiques face au scénario des problèmes qui les affligent, ou peut-être que les larmes se sont taries dans le labyrinthe de la politique féodale et de la corruption, même aujourd'hui. La situation n'est pas si sombre au cours de toutes ces années, car des lueurs d'optimisme positif sont apparues dans des endroits tels que **Kalahandi en Odisha, Bastar**, le dernier bastion rouge du Chhattisgarh, et malgré une politique corrompue et fondée sur les castes, au lieu d'un développement basé sur un effet de ruissellement dans des endroits tels que l'*est de l'U.P. ou certaines parties du Bihar, en plus des progrès réalisés en Odisha, Madhya Pradesh dans d'autres États tels que le Punjab, le Bengale occidental, le Tamil Nadu, etc*. Les progrès ont été différents dans cette nation mirage qui fonctionne comme un puzzle dans tous les sens du

---

[34] *https://www.globaltimes.cn/page/202311/1302676.shtml*

terme, que ce soit géographiquement, culturellement ou socialement. Par conséquent, l'idée de la nation indienne concerne les vaisseaux spatiaux ainsi que la nourriture et les soins de santé de base. L'Inde, pays où le programme alimentaire est le plus important, souffre également de l'indice de la faim et se classe derrière le Pakistan et le Bangladesh. Ainsi, tout bien considéré, le nombre de retards de croissance chez les enfants, le travail des enfants et les indices des droits de l'homme dans la plus grande démocratie du monde déconcertent tout le monde, y compris les citoyens concernés, dont je fais partie. Quel est donc l'avenir de l'Inde ? Il ne s'agit pas de conquérir l'espace ou la table haute du nouvel ordre mondial, mais d'apporter des solutions aux problèmes cruciaux et dynamiques de la ligne de faille de cette nation fragmentée.

Nous voulons être une nation de jeunes entrepreneurs, mais en faisons-nous assez pour eux ?

La question et le problème sont que beaucoup d'entre nous sont des guerriers de salon, alors que la charge et l'impulsion doivent être données sur le terrain, ce qui est plus facile à dire qu'à faire au fur et à mesure que nous avançons dans notre voyage. Dans la nation des **Alpha-Zillenials**, qui est le mélange des *Millennials, de la génération Z et de la génération Alpha émergente,* qui se trouve au carrefour de la plus grande démocratie et de la nation la plus peuplée du monde, il y a le potentiel et le pouvoir de changer le cours du monde. Cependant, le dividende démographique de l'Inde peine encore à donner des emplois adéquats au grand nombre de personnes dont les compétences ne correspondent pas à la demande de talents. C'est exactement le problème pour lequel l'élaboration des politiques doit porter sur les solutions et pas seulement sur la prescription des problèmes. Les politiques gouvernementales et les financements ont été mis en place pour les startups ces dernières années et il y a de l'espoir, mais la création d'un bon écosystème est la clé du développement d'une nation où les jeunes peuvent jouer un rôle. De **Zerodha** à **Agniban** , de la technologie financière à la start-up spatiale, il y a des échecs comme celui de **Byju**. Cependant, tout cela fait partie du voyage et l'idée doit toujours être axée sur l'avenir. L'idée du gouvernement de mettre en place un système de prêts **Mudra** est une mesure concrète pour aider les entrepreneurs et les porteurs d'idées commerciales à réussir. Le rêve indien du 21e siècle est possible et peut devenir une réalité, mais il existe des failles structurelles dans l'élaboration et la mise en œuvre des politiques, qu'il s'agisse de la mise en place de l'enseignement, de la construction d'infrastructures ou de l'exécution des politiques, qui doivent être coordonnées entre le centre, l'État et le niveau local. Sur le papier, la nouvelle politique de l'éducation vise à créer un nouveau modèle d'éducation, loin de la méthode coloniale "Coconut" de

Macaulay, qui consistait à produire des étudiants en usine[35]. Un système destiné à créer des Indiens à la peau brune et à l'intérieur blanc qui convenait au Raj britannique. Il est temps maintenant que les temps modernes et les besoins modernes d'une Inde qui a changé et qui s'affirme se concentrent sur des solutions où la dynamique de l'intelligence artificielle, de l'apprentissage automatique et du codage ne sont plus des mots à la mode, mais des exigences des temps modernes pour une nouvelle société axée sur la jeunesse dont l'Inde a besoin. La croissance sans emploi en Inde au cours des deux dernières décennies a été une source d'inquiétude, car le pays a connu une expansion de son économie sans augmentation correspondante de l'emploi. Ce décalage, entre autres, est à l'origine d'une frustration accrue, en particulier chez les jeunes qui veulent des emplois qui leur apportent stabilité et sens de l'effort. L'introduction du programme Agniveer, qui remplace la sécurité de l'emploi à long terme pour les militaires par des contrats à court terme, n'a fait qu'accentuer ces préoccupations concernant la sécurité de l'emploi et l'érosion du contrat social entre l'État et ses citoyens[36]. Il est susceptible de perturber les parcours professionnels traditionnels, qui ont apporté stabilité et patriotisme à de nombreux jeunes Indiens.

En conclusion, il convient d'adopter une approche multidimensionnelle pour relever ces défis, comme les réformes économiques, le développement des compétences et la création d'emplois au sein des institutions publiques ou privées. Cela devrait s'accompagner d'un examen approfondi du système de réservation afin de s'assurer qu'il sert son objectif initial, à savoir donner des moyens d'action aux personnes défavorisées, au lieu d'être utilisé comme un outil à des fins politiques. Au cours des deux dernières décennies, l'Inde a toujours été au centre des discussions sur le concept de **"dividende démographique"**[37], mais le gaspillage des ressources de la jeune population est un autre sujet de préoccupation. La notion de

---

[35] *https://thewire.in/education/lord-macaulay-superior-view-western-hold-back-indian-education-system*
[36] *https://www.businesstoday.in/india/story/former-army-chief-hints-at-badlaav-in-agniveer-scheme-some-changes-could-be-made-after-431439-2024-05-30#:~:text=years%20of%20service.-,Under%20the%20Agnipath%20Scheme%2C%20which%20was%20rolled%20out%20in%20June,that%20has%20upset%20army%20aspirants.*
[37] *https://www.livemint.com/economy/ageing-population-a-structural-challenge-for-asia-india-s-demographic-dividend-to-dwindle-adb-11714637750508.html*

Pakoda-nomics, où la vente de beignets est également considérée comme un emploi, est peut-être moralement juste, mais suffit-elle à justifier le jugement. Il est vrai que nulle part dans le monde un gouvernement ne peut prétendre que 100 % de la population est employée, car l'emploi n'est pas seulement une question d'opportunités, mais aussi de personnes ou de ressources humaines qui souhaitent obtenir un emploi et de personnes qui peuvent créer des opportunités d'emploi. Il s'agit de ceux qui possèdent des capitaux et/ou des idées d'entreprise et qui peuvent offrir des opportunités aux ressources disponibles. L'Inde est confrontée à ce défi particulier d'une croissance accompagnée d'une inflation, ce qui est logique d'un point de vue économique, mais sans opportunités d'emploi proportionnelles, ce qui semble illogique. Par conséquent, l'idée d'une croissance sans emploi a été un problème au cours des deux dernières décennies, qui semble éclater lorsque des programmes tels qu'***Agniveer*** remplacent la garantie d'une opportunité d'emploi à long terme offerte par les services des forces armées, même si cela comporte des risques, des difficultés et une pincée de patriotisme. La réservation au nom de la politique, qui devait être une voie pour les marginalisés, est devenue une soupape de sécurité pour la banque de votes, où de nouvelles castes et sous-castes cherchent à obtenir des réservations pour entrer dans la course. La limite supérieure de 50 % de réservation fixée par la recommandation de l'affaire Indra Sawhney a déjà été dépassée, et une autre cerise sur le gâteau de la réservation se présente sous la forme d'une "section économiquement faible" dont les paramètres sont vaguement définis. Vient ensuite la question de la réservation pour les autres classes arriérées, qu'il s'agisse des couches crémeuses ou non du gâteau de la réservation, sans oublier la politique de la banque de votes des minorités. Dans ces jeux politiques, l'accent mis sur la création d'emplois, que ce soit par le biais du **"Pradhan Mantri Kaushal Vikas Yojana"** sous la forme d'un apprentissage ou de la création d'un plus grand nombre d'entreprises manufacturières par le biais d'un système d'incitation lié à la production pour la fabrication d'équipements électroniques dans le cadre du programme *"Make in India"*, n'est toujours pas mis en œuvre. Le gouvernement actuel doit donc trouver une solution à long terme. En Inde, la question de la réservation pour les autres classes arriérées, qui comprennent à la fois les couches crémeuses et les couches non crémeuses, est une question politique épineuse. L'objectif de ces politiques est de parvenir à la justice sociale et à l'émancipation économique, mais leur mise en œuvre a souvent été entachée par la politique des banques de vote, au détriment de la création d'emplois et de la croissance inclusive. Les initiatives du gouvernement actuel, telles que Pradhan Mantri Kaushal Vikas Yojana (PMKVY) pour le développement des compétences et le programme Production Linked Incentive (PLI) pour la fabrication électronique dans le cadre de Make in India, sont des mesures politiques visant à relever les défis du chômage et du développement économique[38]. Toutefois, les progrès sur ces fronts sont restés lents en raison du scénario politique en Inde, qui présente ses propres complexités dans cette nation démocratique diversifiée du monde.

---

[38] *https://www.business-standard.com/industry/news/with-geo-political-concerns-engg-firms-nudge-suppliers-to-make-in-india-124063000283_1.html*

Roti, kapda, makaan (nourriture, vêtements, logement) avec la santé et l'éducation universelles, toujours derrière Dharam, Jati et Deshbhakti (religion, caste et nationalisme) pour Watan, Vardi et Zameer (nation, uniforme et conscience).

Notre nouveau parlement est orné de la fresque **"Akhand Bharat "**[39] ou sous-continent indien indivis, où toutes les nations d'Asie du Sud font partie de la grande Inde. La nation s'est vidée de son sang en deux parties, le Pendjab et le Bengale, qui, si elles étaient restées unies au sein de l'Inde ou si elles avaient forgé leur propre destin en formant des nations différentes, auraient pu avoir une trajectoire différente. L'Inde, la nation miracle, a été considérée comme un mirage par de nombreux commentateurs occidentaux et même par Churchill, qui a rejeté l'idée de l'Inde et son aspiration à l'indépendance, estimant que la nation était imaginaire comme l'équateur. La politique de l'Inde, même après 200 ans d'une domination coloniale mal gérée, n'a fait que quelques pas et a été suffisamment nécessaire pour occuper une place prépondérante dans une nation où, malgré leur nombre minuscule, les Indiens ont pu s'accrocher à l'Inde avec l'aide des Indiens. Des années avant la colonisation européenne, l'ère moghole ou le sultanat de Delhi avant cela, et même les Maratha, les Rajput, le sultanat du Bengale avaient tous leur propre style et leur propre exécution des plans, dont certains peuvent être arbitraires et ne pas être mis en œuvre selon les règles que les westerns ont pu mettre en avant. Cela ne signifie nullement qu'il n'existait pas de système de gouvernance, de planification urbaine et rurale, de registres fonciers, de tribunaux et d'administration qui étaient principalement féodaux, mais qui ne

---

[39] *Nous sommes en danger, sauvez-nous...", le Pakistan est nerveux en voyant la fresque "Akhand Bharat" dans le nouveau Parlement indien - The Economic Times Video | ET Now (indiatimes.com)*

manquaient pas de sophistication. On peut dire que la plupart des pays néocoloniaux se sont adaptés au style des colonisateurs, tandis que les populations tribales ou indigènes sont restées là où elles étaient, à l'exception du fait qu'elles ont perdu le contrôle des ressources. Malheureusement, en Inde, avant et après l'indépendance, les politiques de castéisme, de réserve et ***de roti-kapda-makaan (nourriture, vêtements et abri) aur garibi hatao (éliminer la pauvreté)*** [40]) depuis les dernières décennies est resté en place mais a changé en délivrance. Il est vrai que le contexte et la situation de la mesure de la pauvreté en Inde, où la pornographie de la pauvreté et le tourisme de la pauvreté étaient répandus par les occidentaux et les médias occidentaux qui négligeaient leur sort, sont en train de changer lentement mais de manière dynamique. Les choses prennent du temps et il en va de même pour l'Inde, même si de nombreux pays, plus petits en taille et même en nombre d'habitants, comme la Corée du Sud, Taïwan, Singapour, etc. ont montré la voie. L'Inde est le miracle du mélange des civilisations humaines [41] conçu comme un pays. Il est vrai que cette nation a produit des livres tels que "Land of idiots" et c'est la même nation qui a produit d'incroyables histoires de réussite. Le problème de l'Inde réside dans sa population, dont la plupart des membres sont encore à moitié éduqués, sans éducation, faisant du bruit sur les médias sociaux et peut-être pas ou les personnes éduquées sont dans leur propre tour d'ivoire ou ne sont peut-être pas intéressées à faire partie du problème du terme péjoratif utilisé pour définir **"classe de bétail"**. L'idée de permettre à chaque citoyen de vivre décemment est ce qui définit et différencie l'Inde, la nation la plus peuplée du monde, d'un défi à relever. L'Inde peut-elle le faire et si oui, dans combien d'années ou selon quel calendrier ? On y trouve des livres sur la manière dont ***"l'Inde a laissé tomber ses citoyens"***, d'une part, et d'autre part sur l'élaboration et la mise en œuvre de politiques merveilleuses, telles que ***"Target 3 billion"*** par feu le président du Dr A.P.J. Abdul Kalam Azad ou sur la révolution technologique numérique de l'Inde par Nandan Nilekani, en plus de Bimal Jalan et de bien d'autres encore. La réponse se trouve probablement au milieu, ce

---

[40] *Garibi hatao" : un jeu de chiffres (deccanherald.com)*
[41] *La survie de l'Inde en tant que nation unie pendant 70 ans est un miracle : Ramachandra Guha (business-standard.com)*

qui, dans une certaine mesure, m'a semblé être le cas de Raghuram Rajan qui, bien que trollé en tant qu'économiste indien ne résidant pas en Inde, s'est penché sur la question dans son dernier livre. À ce propos, Abhijit Banerjee et Amartya Sen, deux économistes bengalis lauréats de prix nobles qui sont maintenant citoyens des États-Unis et qui prescrivent leurs politiques économiques, sont ironiquement originaires du Bengale qui, lui-même, est en proie à une désindustrialisation constante depuis l'indépendance. L'Inde doit examiner et définir sa politique à l'égard de la partie orientale de l'Inde et du nord-est de l'Inde, qui sont à la traîne et qui, malgré des incidents malheureux liés à des conflits ethniques dans des endroits comme le Manipur, ont récemment fait l'objet de politiques gouvernementales proactives en matière de développement socio-économique. Le **BIMAROU (Bihar, Madhya Pradesh, Rajasthan, Odisha, Uttar Pradesh)** a donné naissance à de nouvelles étoiles telles que l'Odisha, l'Uttar Pradesh et même, dans une certaine mesure, le Madhya Pradesh et le Rajasthan. Le concept de simple élimination de la pauvreté n'est pas la solution, mais comment ? Qu'il s'agisse du modèle des petits groupes d'entraide de l'Odisha ou du modèle capitaliste du Gujarat, axé sur l'aide sociale et financé par l'argent du Golfe, tout ce qui peut contribuer au succès de l'adaptation est plus que bienvenu dans cette nouvelle Inde sans Gandhi.

Conclusion

PB *Chakraborthy était le président de la Haute Cour de Calcutta et exerçait également les fonctions de gouverneur par intérim du Bengale occidental. Il a écrit une lettre à l'éditeur du livre de RC Majumdar, A History of Bengal. Dans cette lettre, le président de la Cour suprême écrit : "Lorsque j'étais gouverneur par intérim, Lord Attlee, qui nous avait donné l'indépendance en retirant l'autorité britannique de l'Inde, a passé deux jours dans le palais du gouverneur à Calcutta au cours de sa tournée en Inde. J'ai alors eu une longue discussion avec lui sur les véritables facteurs qui avaient conduit les Britanniques à quitter l'Inde". Chakraborthy ajoute : "Ma question directe à Attlee était la suivante : étant donné que le mouvement Quit India de Gandhi s'était estompé depuis un certain temps et qu'en 1947, aucune nouvelle situation impérieuse n'était apparue qui aurait nécessité un départ précipité des Britanniques, pourquoi ces derniers ont-ils dû partir ?"Dans sa réponse, Attlee a cité plusieurs raisons, la principale étant l'érosion de la loyauté envers la couronne britannique parmi le personnel de l'armée et de la marine indiennes à la suite des activités militaires de Netaji", explique le juge Chakraborthy ( ). Ce n'est pas tout. Chakraborthy ajoute : "Vers la fin de notre discussion, j'ai demandé à Attlee dans quelle mesure Gandhi avait influencé la décision britannique de quitter l'Inde. En entendant cette question, les lèvres d'Attlee se tordirent en un sourire sarcastique tandis qu'il mâchait lentement le mot "m-i-n-i-m-a-l".*

Gandhi était un homme de contradictions, imparfait comme tout être humain, bien qu'il ait voulu être le gardien moralement supérieur des masses. On peut le qualifier de naïf, de celui qui manque d'assurance, et même de ses soi-disant vices qu'il a admis dans son propre livre, à l'exception de son attitude raciale qui peut être remise en question dans sa vie antérieure. Pourtant, malgré les critiques, c'est Netaji qui lui a donné le titre honorifique de **"Père de la nation"**, non reconnu par la réponse sur *le droit à l'information*. C'est le même homme qui, après avoir été réprimandé par Gandhi, lui a donné ce titre, à l'exception de Tagore qui l'a appelé **"Mahatma"**. Ce qu'il était a pu être questionné et répondu de différentes manières, que ce soit en tant que critique ou en tant que personne, ce morceau emblématique de chair et de sang a gardé sa marque unique qu'**Einstein** a remarquée : *"Les générations à venir auront du mal à croire qu'un être comme lui, en chair et en os, ait jamais marché sur cette terre. (dit du Mahatma Gandhi)"*.

www.ingramcontent.com/pod-product-compliance
Lightning Source LLC
LaVergne TN
LVHW041539070526
838199LV00046B/1739